andré weckmann
zeitenwende
elsässische erzählungen

CONTE *belletristik*

Bibliografische Information der Deutschen Nationalbibliothek
Die Deutsche Nationalbibliothek verzeichnet diese Publikation
in der Deutschen Nationalbibliografie; detaillierte bibliografische
Daten sind im Internet über http://dnb.d-nb.de abrufbar.

ISBN 978-3-941657-72-4

© André Weckmann, 2012
© Conte Verlag GmbH, 2012
Am Ludwigsberg 80-84
66113 Saarbrücken
Tel: (06 81) 4 16 24-28
Fax: (06 81) 4 16 24-44
E-Mail: info@conte-verlag.de
Verlagsinformationen im Internet unter www.conte-verlag.de

Umschlag und Satz: Markus Dawo
Druck & Bindung: Prisma Verlagsdruckerei GmbH, Saarbrücken

Inhalt

Geschliffene Steine.

Gedanken zu den *Elsässischen Erzählungen*
von André Weckmann

1924, als André Weckmann am ersten Advent, der in jenem Jahr auf den letzten Tag des Monats November fiel, im elsässischen Steinbourg geboren wurde, veröffentlichte André Breton in Paris das erste *Surrealistische Manifest*, wurde der Zentrumspolitiker Wilhelm Marx zum Kanzler der Weimarer Republik gewählt, starb in dem Sanatorium Kierling bei Klosterneuburg, kurz vor seinem vierzigsten Geburtstag, der Pragerdeutsche Schriftsteller Franz Kafka und erschien in Samuel Fischers Berliner Verlag der zweibändige Roman *Der Zauberberg* von Thomas Mann. In einem Jahrhundert, dessen Kämpfe und Kriege durch die prozesshaften Widersprüche von technischem Fortschritt und politischem Traditionalismus, gesellschaftlicher Moderne und spätzeitlichem Idealismus bestimmt worden sind, kann eine solchermaßen sichtbar werdende Gleichzeitigkeit ungleichzeitiger Erscheinungen zwar nicht überraschen, sie vermag aber noch einmal jene geistigen Strömungen und historischen Entwicklungen in das Bewusstsein zu rufen, die das literarische Werk des Schriftstellers André Weckmann seit seinen Anfängen bestimmt haben.

In Straßburg und Besançon besuchte er die Schule, erlebte die Besetzung seiner elsässischen Heimat durch die Deutsche Wehrmacht, wurde zwangsrekrutiert und, wie viele seiner Landsleute, in den Kämpfen an der Ostfront eingesetzt. Hier wurde er schwer verwundet, konnte jedoch nach einem Lazarettaufenthalt desertieren und schloss sich den *Forces françaises de l'intérieur* an. Nach der Befreiung durch amerikanische und französische Verbände und dem Ende des Zweiten Weltkrieges studierte er Germanistik an der Université de Strasbourg, arbeitete als Kulturreferent der Préfecture du Bas-Rhin und unterrichtete schließlich bis zu seiner Pensionierung als Studienprofessor für Deutsch an einem Lycée in Straßburg.

In den zwanziger und dreißiger Jahren erlebte Weckmann die restriktive Assimilierungspolitik, mit der die Regierung in Paris den autonomistischen Bestrebungen in dem seit dem Ende des Ersten Weltkrieges wieder zu Frankreich gehörigen ehemaligen Reichslands Elsass-Lothringen begegnete. Während der Okkupation durch das nationalsozialistische Deutschland in den Jahren 1940 bis 1945 wurde er Zeuge des Versuchs, die französische Sprache und Kultur im Elsass zu tilgen, und während der ersten Nachkriegsjahrzehnte musste er erfahren, dass die französische Regierung ihrerseits nicht nur darum bestrebt war, die deutsche Sprache zu unterdrücken, sondern auch die aus einer wechselhaften politischen und kulturellen Geschichte erwachsenen Traditionen des Elsass.

Als in der Konsequenz des deutsch-französischen Freundschaftsvertrages, den der französische Präsident Charles de Gaulle und der deutsche Bundeskanzler Konrad Adenauer im Jahr 1963 unterzeichneten und in der Folge der Dynamik, welche die regionalistischen Bewegungen in Frankreich nach der Revolte des Jahres 1968 entwickelten, auch in dem schmalen Land an den Westufern des Rheins wieder ein Bewusstsein für den Wert und die identitätsstiftende Bedeutung des kulturellen Erbes der Region erwuchs, gehörte Weckmann zu den ersten Schriftstellern, welche die traditionelle Mundart, das Elsässerditsch, als Sprache der Literatur wiederentdeckten, pflegten und förderten. Seitdem fand der Schriftsteller nicht nur als Zeitzeuge sondern auch als literarischer Chronist der wechselhaften Geschichte des Elsass' im 20. Jahrhundert Anerkennung.

Als Reflexionen über die Kulturlandschaft zwischen Vogesen und Rhein, Pfälzerwald und Jura sind seine Werke gleichzeitig auch Betrachtungen über jene geistesgeschichtlichen Konflikte des 20. Jahrhunderts, die eine Konsequenz der »Sehnsucht der Menschheit nach ihrer gesellschaftlichen Vervollkommnung« sind, wie Lodovico Settembrini im *Zauberberg* mit einem Unterton melancholischer Resignation formuliert. Weckmanns Geschichten von »dem sonderbaren Land, das Elsass heißt«, so der Untertitel eines 2005 veröffentlichten Erzählbandes, geben der historisch gewachsenen Eigenart einer Region literarische Gestalt, in der die französische und die deutsche Kultur einander sowohl wechselseitig durchdringen und ergänzen als auch gegeneinander streiten. Zugleich verbinden seine Gedichte, Romane und Erzählungen die Erörterung gesellschaftlich relevanter Fragen der Gegenwart mit der literarischen Darstellung der Landschaft und ihrer Menschen in der Tradition der deutschen Romantik.

Die fünf Geschichten des vorliegenden Bandes sind als André Weckmanns letztes Werk auch sein literarisches Vermächtnis. Im Alter von 87 Jahren, noch während der Drucklegung des Buches, ist der Schriftsteller am 29. Juli 2012 in Straßburg verstorben. Die Erzählungen, denen der Autor den programmatischen Titel *Zeitenwende* gegeben hat, sind im Verlauf der vergangenen dreißig Jahre entstanden. Noch einmal eröffnen sie Einsichten in die zeitgenössische Geschichte des Elsass', diskutieren das Sprachenproblem, die auch heute noch skeptisch-abwartende Haltung der Pariser Regierung gegenüber den Forderungen nach gesellschaftlicher und politischer Eigenständigkeit der Region und die widersprüchliche Sehnsucht der Menschen nach kultureller Selbstvergewisserung im Zeitalter der Globalisierung.

In den erzählten Welten André Weckmanns bleibt hinter der Gegenwart aber stets die Vergangenheit sichtbar. Seine Figuren bewegen sich in realen und imaginären Räumen zugleich. Die Orte und Landschaften, die seine Erzählungen beschreiben, sind wirkliche Orte und gleichwohl Sinnbilder für den bestimmenden Einfluss einer übermächtigen Geschichte auf die Gegenwart. Das Land sucht, so wird in *Léa, Tom und die uralten Soldaten* formuliert, »zwischen der passiven Schwerkraft des Gewesenen und der enormen Anziehungskraft des Werdenden« nach einem Gleichgewicht. Damit wird das Elsass, dessen Identität über Jahrhunderte im Spannungsfeld deutscher und französischer Interessen als ein sich stets wandelndes, aber aufgrund der Notwendigkeit fortwährender Veränderungen paradoxerweise kontinuierliches Paradigma sich ausgebildet hat, zu einem Beispiel für die Chancen der Integration des Neuen und Fremden in das Hergebrachte und Vertraute, zu dem Modell einer Gesellschaft, die nicht durch das dialektische Nebeneinander, sondern das tolerante Miteinander geprägt ist.

Zeitenwende ist aber nicht nur als Zeugnis des politischen Engagements eines Intellektuellen zu lesen, der, wie Lodovico Settembrini, über die Möglichkeiten »gesellschaftlicher Vervollkommnung« nachgedacht und sich deshalb als citoyen seit Jahrzehnten in den Bereichen der Kultur- und Umweltpolitik eingebracht hat. Es ist zugleich das Alterswerk eines großen Schriftstellers. Wie der Tag und die Nacht einander in der Dämmerung aufheben, ist das Alter eine Phase des Übergangs, in der die Endgültigkeit des Kommenden mit der im Entschwinden begriffenen Relativität des Lebens ein letztes Mal kontrastiert. Weil aber das Zukünftige seine normative Kraft verloren hat und das Leben des Alternden von den Gipfeln der Vergangenheit bestimmt wird, die – um ein Bild Goethes zu variieren – das Gebirge der Erinnerung überragen, dominiert dem Ende zu eine Nachdenklichkeit, die sich in den späten schöpferischen Reflexionen des Künstlers wie in keinem anderen seiner Werke abbildet.

So nehmen die fünf Geschichten die Tradition verschiedener literarischer Gattungen auf. Indem sie die Wirklichkeit nicht nur beschreiben, sondern künstlerisch überformen, stehen sie einerseits in der Nachfolge des poetischen Realismus. Die Dominanz des Dialogischen und eine Erzählhaltung, die zwischen feinem Humor und leiser Ironie abwechselt, halten zudem die Balance zwischen der deutschen und der französischen Ausprägung dieser literarischen Strömung. Die Bilder der elsässischen Landschaften, die Beschreibungen alltäglichen Lebens evozieren andererseits Erinnerungen an die sozial- und zeitkritischen Idyllen der späten Aufklärung, die jedoch unter dem Einfluss spätromantischer Erzähler im 19. und 20. Jahrhundert in das Triviale abgeglitten sind. Während solche Dorf- und Heimaterzählungen aufgrund ihrer ablehnenden Haltung gegenüber gesellschaftlichen Modernisierungsprozessen eindimensionale Identifikationsmuster für den Rückzug aus dem Diskurs der Gegenwart in eine idealisierte Vergangenheit anbieten, gelingt es André Weckmann, die Schilderung der elsässischen Landschaft, ihrer Gestimmtheit und Einmaligkeit mit den Anforderungen einer littérature engagée zu versöhnen.

Seine Geschichten fordern deshalb eine langsame und bewusste Lektüre, bevor sie sich in ihrer Besonderheit und Schönheit dem Leser erschließen. Es sind Texte – darin gleichen sie manchen Prosatücken von Dieter Wellershoff –, die sich dem flüchtigen Blick verweigern. Sie haben ein reflexives Moment, das zum Innehalten und Nachdenken auffordert. Es sind zugleich Texte von sprachlicher Konzentration, deren zerbrechliche Bildlichkeit an die zarte Schönheit jener Blumen erinnert, die Leitmotiven gleich in allen fünf Erzählungen des Bandes erscheinen.

Zeitenwende versammelt Variationen über ein Thema, schlicht und eben deshalb kunstvoll, wie die Variationen des Monsieur de Sainte-Colombe. In ihrer reduzierten Form gleich langer Kapitel, in der prägnant verdichteten Prosa, die auf die Kraft und Eindringlichkeit des sprachlichen Bildes vertraut, gleichen André Weckmanns Erzählungen geschliffenen Steinen.

Saarbrücken, im Spätsommer 2012
Sikander Singh

Die Geschichte von der Sälmel und dem Hitler

I
Brennnesseln

Was suchte ich an dem Herbstmontag? Ich war auf der Flucht vor selbsterzeugten akademischen Spinnweben, wollte mich irgendwo auf dem Land einfach unter einen Baum setzen und mir einen Raum der inneren Stille schaffen. So stellte ich meinen Wagen an einem Feldweg ab und ging querfeldein, stieß auf einen abgelegenen, eingezäunten Garten, und da entdeckte ich die verhutzelte Alte, mit der Harke ein Beet bearbeitend. Um das Beet herum schossen Brennnesseln hoch.

Ich blieb verwundert am Zaun stehen und da, ohne den Kopf zu heben, rief sie: »Ich hab dich von weitem kommen sehn. Schenier dich nicht, komm herein!«

Sie musterte mich von Kopf bis Fuß und schloss: »Du musch ein Professer sein, hab ich recht?«

Ich lachte, wies dann auf die Brennnesseln: »Warum lasst Ihr die Sengnesseln stehen?«

»Ich loss die stehn, denn ihre Wurzeln sind wie wir Elsässer, da kannsch du rausreißen so viel du willsch, sie ziehen ihre Schnüre bis zum Rhein, bis die Vogesen hinauf. Und die Stängel, guck, meine sind schon fast ein Meter fuffzig hoch, die schaffens bis zu zwei Meter, sag ich dir. Und, wie mein Mann, der Doni sagt: ›Das isch unsere Insel, mir losse drumrum die Sengnesseln wachse, so dass keiner uns einkassieren kann, denn er weiß nit, dass hinter den Sengnesseln e kleines Paradies isch.‹«

Ich schüttelte den Kopf: »Mutter, sperrt Euch doch nicht ein!«

»Ich sperr mich nicht ein!«, sprach sie etwas unwillig. »Ich werd sie aber doch noch rausreißen. Er will nämlich aus den Sengnesseln Zellstoff machen, den braucht er für die Uniforme seiner Soldaten an der Front.«

»Von wem sprecht Ihr da, Mutter?«

»Ei, vom Hitler, von wem sonscht!«

»Der ist doch schon lange tot!«

»Das glaubsch du! Er hat e Haufen Junge gemacht, in denen er drinsteckt, in einem so, im anderen andersch. Und deshalb werd ich sie abmähen und verbrennen, so bleiben die Wurzeln im Boden, hab ich Recht? Den Hitler han ich kännt!«

»Ihr habt den Hitler gekannt, Mutter?«

»Ei jo, wir sind nämlich alle im selben Jahr zur Welt komme, ich, mein Mann und der Hitler.«

Ich schüttelte abermals den Kopf: »Da seid Ihr also fast eine Hundertjährige? Alle Achtung!«

»Hoffentlich kommt noch a bissel dazu«, sprach sie lachend und stützte sich auf die Harke.

Der späte Nachmittag lag seidig über dem Land. Die Alte sah mich sanft lächelnd an. Sie sah plötzlich viel jünger aus. Ihre Gesichtshaut hatte sich gestrafft und wurde ebenso seidig wie der Abendhimmel, das Land um uns herum und sogar die Brennnesseln.

»Komm, setzen wir uns auf die Bank, denn du willsch gern wissen, wer ich bin, gell? Ich bin die Sälmel, ich komm aus dem Krummen, da wo sich das Elsass ein Loch ins Lothringische hineinbohrt und fast ans Saarländische anstößt, bin verheirot dann mitm Doni von do, da sprech ich halt so e Mischung aus ... wie sagt man dazu, Professer, denn das bisch doch, nit?«

»Fränkisch und Alemannisch«, antwortete ich.

»Ah, so heißt das? Die Leut im Dorf, die han mich am Anfang ausgelacht, ich sei eine Peexere, ich tu peexen wie die Lothringer, die Pund sagen anstatt Pfund. Ich hab mir's dann abgewöhnt. Wir aus dem Krummen sind doch auch Elsässer wie die anderen, gell?«

So hat die Geschichte angefangen.

II
Der Teufel

Dienstag, auf der Bank: »Ja, Professer«, sagt sie, »ich han de Hitler kännt. Nää, nit direkt, aber aus der Zeitung und hab ihn am Radio g'hört und erfahre, was der e so hirnwütigs Theater macht, driwwe. Und dann wo er ins Ländel g'stürmt isch, und seine kleinen Hitler auf uns losgelassen hat. Mein Doni aber, der hat ihn g'sehn, leibhaftig g'sehn! Du glaubsch's nit? Doni, komm her un erzähls dem Professer!«

Ich schau sie fassungslos an: »Lebt er denn noch, Euer Doni?«

»Oh, pardon«, sagt sie. »Ich mein als, er isch immer noch da …«

Sie wischt eine Träne aus dem Auge, dann fährt sie fort: »Hör zu, so hat's der Doni erzählt: ›Steh ich do in Lützelburg am Tunnel, dort han mir g'schafft. Ich bin nämlich Telegräfler g'sin. Da hält ein Zug. Direkt vor uns ein mit Tannenästen und Hakenkreuzen geschmückter Waggon. Am zunichten Fenster steht er, in gelber Uniform, unbeweglich, mit einem starren Blick auf uns. Du, Sälmel, das war der Teufel. Ja, ech hab de Teifel g'sahn, Sälmel, de Teifel! Alle Mann stillgestanden! brüllte unser Chef, Arm hoch zum Deutschen Gruß! Heil mein Führer! Ich hab den Arm nicht lüpfen können, da hat mein Nachbar geflüstert: Mach keinen Blödsinn, Doni. Lüpf den Arm un denk dir: Leck mi! dabei. Ich hab den Arm dann doch halber hoch gebracht und heimlich gebetet: Herr, schütz uns vor dem Bösen … Der Teufel hat dann schnell den Vorderarm gehoben, ihn zackzack nach hinten gebogen und wieder vorschnellen lassen, sich herumgedreht und der Zug ist im Tunnel verschwunden.‹«

Mir ists, als hätte ich diese Begegnung am Lützelburger Tunnel persönlich miterlebt. Schaudern erfasst mich.

»Du, Professer«, sagt sie, »mich schüttelts auch, wenns der Doni erzählt.«

Zum zweiten Mal schaue ich sie fassungslos an.

»Guck mich nicht so an«, sagt sie. »Das verstehsch du nit. Ja. Und da wir jo, wie ich es dir schon gesaat hab, vom gleiche Johrgang wie der Hitler sind, tu ich mir vorstelle, was dieser Massenmörder für e Bubbel gewän isch, Anno zweie-, dreieneunzig.«

»Oh, stell dir vor«, fährt sie fort, »so e netts Bubbele ischs gewän, ich hab mal ein Foto von ihm g'sehn. Vollbackig und mit verwundertem Blick in d'Welt geguckt. Genauso wie der Doni auf den alten Fotos. Genauso wie unser Andreesel, als er ganz klein war. Und ich sag mir, bestimmt war auch der Stalin so e netts Bubbele, und der Mao, dieser aber mit Schlitzaugen, der Mussolini auch, nur e bissel fetter, und heute noch viele andere, ich will sie jetzt nicht nennen. Und ich sag mir: Wieso wird aus einem netten Bubbel später ein Hitler und aus einem anderen ein Doni? Was meinsch, Professer?«

»Die Frage stelle ich mir auch, Mutter Sälmel.«

»So, genug g'schafft für heute«, sagt sie dann. »Morgen kommen die Sengnesseln dran. Die soll der Doni abmähen. Nein, nicht verbrennen. Die kommen in ein Fass, Wasser rein und dann gibts Sengnesselbrühe. Kannst davon haben, für deine Rosen. Kommst morgen Vormittag wieder? Da back ich nämlich Kuchen, einen Glichschwäre, d'Franzose sagen *quatre quarts* dazu, vier gleichschwere Viertel. Kommsch vorbei, gell, sagsch mr dann, wie er isch, 's macht ihn keine so gut wie ich. Gell?«

III
X- und O-Beine

Mittwochvormittag. Ich sitze nun in ihrer Küche.

Sie knetet und walkt und seiht und mixt und wiegt ab und singt dabei mit rührseliger Stimme: »*Sul mare lucida, l'astro d'argento, placida e longa, prosper' è il vento*« ... weiter kommt sie nicht.

»Kannst du mir weiter helfen? Man wird vergesslich, im Alter, und so viel Schönes und Warmes aus der Kindheit ist dann plözlich verschwunden ... Do isch doch was gewän von me Schifflein ...«

»*Venite all' agile, barchetta mia*«, singe ich.

»Merci, ja das isch es. Du hasch aber eine schöne Stimm, Bariton wie mein Opa. Der war Italiener, weisch, aus Calabria, ganz unten am Zipfel. Er arbeitete als Maurer im Krummen. Er hatte oft Heimweh nach der Calabria. Wär er in die Heimat zurück, wär ich eine Italienerin geworden. Und hätt mit den Mussolinis zu tun gehabt! So hab ich mich halt mit den Hitlers herumschlagen müssen ...

Ja, der Hitler. Mir han dene kännt. Und wie!«

Dann legt sie mehlbestaubte Zeige- und Mittelfinger quer unter die Nase: »So e Schnüzer hat er g'hatt.«

»Aber trug man damals nicht überall solch einen Schnurrbart, englischer genannt«, unterbreche ich sie, »wie der Charlie Chaplin, hier Charlot genannt?«

»Ja, den ham'r mal im Kino g'sehn, damals, auf dem Messtiplatz. Und auch mein Doni hat einen solchen unter den Nasenflügeln sitzen gehabt. Der halbe Fußballklub übrigens hat sich damit geziert. Lach nicht!

Guck dir das Foto an, dort an der Wand«, fährt sie fort, »man hätte den Hitler glatt ins Gruppenbild stellen können, er wär nicht aufgefallen. Vielleicht hat er auch mal Fußball gespielt, in seiner Jugendzeit. Ich seh ihn im Goal stehn, denn mit den X-Beinen hätten wir ihn nicht als Stürmer verwenden können, sagte der Doni.

Da trumpierte er sich, denn der Hitler ist auf Teufel-komm-raus in die Weltg'schicht hineing'stürmt … Moment, hab ich mich jetzt in den Beinen geirrt, waren's X- oder O-Beine oder normale wie bei meim Doni, lass ich mich vom Charlot sein Watschelgang beeinflussen? Wird doch egal sein, nicht, oder kannst du mir da Bescheid geben?«

Ich halte mir den Bauch, mein Adamsapfel hüpft auf und ab, ich presse die Lippen zusammen, zucke dann mit den Achseln und bringe endlich einen Satz fertig: »Er hatte sicher Marschierbeine am Anfang und Schlotterbeine am Ende.«

Sie nickt zustimmend.

»Meim Doni seine Beinmuskeln waren stahlhart, ich hab sie ihm regelmäßig mit Kampfer einreiben müssen. Das hat dann bis die Gass nunter gestunken. Beim Marschieren aber hinter der Vereinsfahne, wenn Messtiumzug war, da ist er immer wieder aus dem Takt geraten und hat die Reihen durcheinandergebracht. Dann schaute er sich um, klopfte sich auf den Schenkel und lachte aus vollem Hals. Ja, so isch er gewän, mein Doni.«

Der Glichschwäre kommt in die Form und dann in den Backofen. Sie wischt ihre Hände an der Schürze ab, fährt mit einem Lappen über die weißbestaubte Oberlippe und setzt sich auf die Eckbank. »Kommsch gegen Abend vorbei, zu Kaffee und Kuchen?«

IV
Mirabellenschnaps

Mittwochnachmittag, in der guten Stub.

»Ich glaub, ich hab da was vergessen, vom Hitler«, sagt sie. Sie nimmt Luft auf, bläst sie wieder aus, klopft sich mit der Hand ein paarmal auf die Stirn, wie um diese anderen besonderen Merkmale der Hitlerphysiognomie so genau wie möglich aus der Erinnerung herauszuholen, lacht dann:

»Du, der hat e Vogel ufem Kopf sitze g'hatt. E Ràmm! Wie sagt man das uf Deitsch: ein Rabe! Ja, ich erinner mich an seinen Scheitel, ganz auf der rechten Seite, und nach links hat sich ein langer angebäbbter Rabenflügel hingelegt, da war alles kohlenschwarz glattgebügelt. Verstruwwelt hab ich ihn nie gesehn. Mein Doni war es immer, verstruwwelt. Ich händelte als wieder mit ihm: Strähl dich doch auch glatt, bäbbs mit Eau de Cologne an, so dass es nach was aussieht!

Er aber sagte: ›Solang seller glattgebabbt isch, blib ich verstrüwwelt!‹

Da hat alles Händle mit ihm nix genutzt. So war er halt, der Meine, immer das Konträr von den Hitlers. Es hatte nämlich auch ein paar von denen im Dorf, die den links angebäbbten Rabenflügel nachgeahmt hatten. Dann tu dir doch auch den Schnauz weg, sagte ich.

Er aber: ›Soll doch der Hitler ihn wegtun, denn er sieht ja aus wie der Charlot.‹

Stimmt, sagte ich, aber sind die zwei nicht auch gleichaltrig?

›Hast recht‹, sagte er dann, ›aber der Charlot war auch verstruwwelt, genau wie ich ... Und da fällt mir plötzlich ein, Sälmel, dass auch wir beide mit diesen zwei gleichaltrig sind! Ich lach mich kaputt!‹ Ja, so war er, mein Doni.

Trinksch e Schnaps? Metzer Mirabelle. Vom Doni gebrannt zellemols als man noch brennen durfte. Die Bäume vom Doni gepflanzt, vor dem Krieg. Jetzt sind sie alle abgestorben. Fallen einer nach dem anderen im Grasgarten um, hinterm Haus. Alles zugewachsen jetzt mit Efeu, Sengnesseln und Brombeerhecken. Der Nachbar kommt pflücken und macht Brombeerwein. Ich mag das nicht, viel zu süß für mich. ›Lass das alles verstruwweln, wenn ich nicht mehr da bin‹, hatte er g'sagt, der Doni.«

Sie stellt mir ein Glas hin und schenkt halbvoll ein.
»Und Ihr, Mutter Sälmel?«
»Lass mich mal grad dran nippen.
Weisch, den Doni han sie eing'sperrt, die Hitlers. Er konnte auch 's Maul nicht halten. Nach sechs Monaten isch'r wieder heimkomme, ratzekahl.
›Na, Struwwelpeter‹, hat der Dorfobernazi gesagt, ›nun bist du läusefrei und keine Flöhe mehr im Oberstübel!‹
Den haben sie dann auch glattgeschoren und gehörig durch die Mangel gedreht, als der böse Spuk vorbei war. Als er ebenfalls nach sechs Monaten zurückkam, sagte der Doni zu ihm: ›Was isch, bisch dü jetzt au läusefrei? Nun sind wir aber quitt, gell?‹ Und der Dorfobernazi sagte: ›Verrückte Zeiten, was! Bin kuriert, für immer. Hasch noch von deim schwarz gebrannten Mirabellenschnaps?‹
›Komm rein‹, sagte mein Doni.
Nach dem sechsten Schnaps hat er ihn vor die Tür g'setzt. Da bisch du aber baff, gell, Professer?«
»Ja, ich bin baff.«
Sie schnappt plötzlich nach meinem halbleeren Schnapsglas und trinkt es ex. Dann singt sie hingebungsvoll den letzten Vers ihres italienischen Lieds:
»Santa Luciia, santaaa Luciiaaa ...«

V
Der Glichschwär

Donnerstag. Diese Sälmel bleibt mir ein Rätsel: mal altes Hutzelweib, mal reife Hausfrau. Mit den verschiedenen Epochen ihrer Lebenszeit geht sie um wie beim Kartenmischen. Die Sälmel fasziniert mich, ich muss sie unbedingt wieder aufsuchen. Ich habe aber den Namen ihres Dorfs und folglich auch dessen Ortsbestimmung vergessen, erstaunlicherweise. Ich verlasse mich eben auf den Kollegen Zufall, der mich auch gleich dort absetzt, wo ich hin wollte. Da zupft sie mich auch schon von hinten am Ärmel:

»Na, wie hat dir das Stück Glichschwär geschmeckt, das ich dir in den Rucksack gesteckt hab?

Der Gleichschwere, das könnt typisch elsässisch sein, sagte mein Doni immer: Mehl, Butter, Eier, Zucker, alles im Gleichgewicht. Doch es passiert uns immer wieder, dass wir uns in den verschiedenen Mengen trumpieren, oder dass uns das eine oder das andere geklaut, genommen oder verboten wird, der Gücksel weiß warum. Was meinsch du dazu?«

»Ich habe da keine Meinung«, sag ich. »Ich bin Chronist, das heißt neutral. Ich schaue zu, ich höre zu, ich schreibe auf. Punktum.«

»Da hast du aber kein Herz, da bist du nur eine zweifüßige, zweihändige Schreibmaschine«, sagt sie mit bitterem Unterton.

Ich schäme mich, den überheblichen Intellektuellen gespielt zu haben, der ich eigentlich normalerweise nicht bin. Denn ich mag diese aufrechte Alte und auch dieses über die eigenen Füße stolpernde Land, dem immer wieder das freie Aufrechtgehen verboten wurde ...

»Nehmt es mir nicht übel, Mutter«, sag ich, »denn ich hab's so nicht gemeint. Sowieso schafft sich die Wahrheit immer einen Weg zum Licht.«

»Das isch mir zu überg'scheit, Freund. Lass doch, würde mein Doni sagen, bei jedem Menschen geht mal 's Bajassel durch. Sag, wo sim'r 's letscht Mol stehn geblieben?«

»Beim Santa Lucia, Mutter Sälmel.«

»Stimmt. Weisch, ich hab immer noch e bissel Italienisches in mir. Zani han mir g'heiße. Da hat, wegen dem Mussolini, der Hitler meinem Papa seinen Nachnamen nicht einge-deitscht, wie er es hier mit den französischen getan hat. Die waren ja dicke Freunde, der Adolf und der Benito. Wegen meinem Vornamen Salomé hat's allerdings zuerst Probleme gegeben. Die Kreisleitung behauptete, er sei jüdisch. Da hat aber der Dorfobernazi dem Kreisleiter geschrieben, der Va-ter der Salome, der Herodes, sei eigentlich, obwohl König der Juden, ein Araber gewesen und habe die Juden drangsa-liert. Ich hab ihn, als er mir das sagte, angeschnauzt: Meine Salome war die Mutter der Apostel Jakobus und Johannes, also eine echte Jüdin, und nicht die falsche, welche dem He-rodes den Kopf des Täufers vor die Füß gelegt hat! Sag das nicht zu laut, warnte mich da der Dorfobernazi, wer zuviel für die Juden ist, den könnte es möglicherweise auch den Kopf kosten.

Du, was hatten denn die gegen die Juden? Die hätten auch unseren Herrn Jesus gekreuzigt! Den kreuzigen sie jeden Tag, aber um Gottes willen, tragt's nicht weiter, sagte mir der Herr Pfarrer im Beichtstuhl.«

Wir schweigen. Alles um uns zwei herum schweigt, die Vögel, die Grillen, sogar die nahe Autobahn. Was können wir anders tun als schweigen, wenn der Schatten des Un-holds der längst vergangenen Tage umherschweift.

Sie nickt mit dem Kopf und seufzt leise.

Ich lege ihr meine Hände auf die Schultern.

VI
Schlangengift

Freitag. Ich sehe von weitem eine dünne Rauchwolke überm Feld aufsteigen. Was kokelt sie denn da, will sie also doch die Brennnesseln verbrennen? Ich nähere mich: Das stinkt nach brennendem Papier.

Sie steht gebückt am Feuer und zieht vergilbte Akten, wie mir scheint, aus einer dicken schwarzen Ledertasche. Zuerst liest sie kurz, zerreißt dann Blatt für Blatt und wirft sie ins Feuer.

»Was macht Ihr denn da, Mutter? Habt Ihr Eure Schubladen geräumt, alte wertlose Papiere sortiert? Doch nicht Liebesbriefe!«, sag ich lachend. »Aber warum das alles verbrennen, das tue man doch eher in den Papiercontainer zum Recyceln! Ihr seid doch wohl auch umweltfreundlich gesinnt, oder?«

Sie murrt: »Dich hab ich heute nicht erwartet. Das geht dich nix an.«

Ich gehe trotzdem hin und ziehe einen Wisch aus der Tasche, schaue ihn mir an und sage mit harter Stimme: »So was verbrennt man nicht! Das sind deutsche Polizeiakten aus der Kriegszeit! Das hättet Ihr schon längst dem Archiv in Straßburg übergeben sollen! Ich frage mich überhaupt, ob Zerstörung von solchen Dokumenten nicht strafbar ist! Wo habt Ihr das Zeug her?«

Ihr trotziger Blick: Das geht dich nix an! Dann beginnt ihre Hand trotzdem zu zittern.

»Gut, ich sag dir, wo ich das Zeug her hab'.«

Das war so: 22. November 1944, vor dem Haus steht ein Sherman-Panzer von der französischen Vorhut der amerikanischen Armee. Auf den wird geschossen und der schießt zurück. Im Hof erscheinen bewaffnete deutsche Gendarmen. Hatten sie Panzerfäuste? Das weiß sie nicht mehr. Sie weiß nur, dass sie ins Haus hinein wollten, sich dann doch zurückzogen und von den Franzosen gefangen genommen wurden. Als die Sälmel nach dem kurzen Gefecht in den Hof hinausging, fand sie die dicke Ledertasche. Die kann ich gebrauchen, sagte sie sich, und trug sie hinunter in den Keller, legte sie in eine alte morsche Truhe ... und vergaß sie. Erst Jahre später erinnerte sie sich an die Tasche, öffnete sie und entdeckte die Polizeiakten, darunter auch Briefe.

»Ich hab mich hingesetzt ... und gelesen. Es war ein ganzer Wisch Briefe«, sagt sie. »Stell dir vor: lauter Denunziationsbriefe. Zum Beispiel: Ein Soundso hat eine Sau schwarz gemetzt, ein anderer ein Kalb, auch eine Geiß war dabei, ein anderer hat Schwarzhandel getrieben und was alles noch. Und da hat einer Witze über die Hitlers in der Wirtschaft erzählt, einer auch das englische Radio gehört und so weiter. Die meisten Namen hab ich gekannt, einer war aus dem Dorf, die anderen aus der Umgebung. Die wenigsten von ihnen waren in der Hitlerpartei. Das muss alles aus Neid dem Nachbarn gegenüber geschehen sein. Ich habs dem Doni nicht gezeigt, das hätt böses Blut gegeben, hab die Tasche irgendwo hingetan, wo er sie nicht finden würde und zum Herrgott gebetet, er solls diesen falschen Mitbürgern verzeihen, obwohl, obwohl ... Jetzt hats mir gelangt, hab mir gesagt, es solls niemand finden, wenn ich gestorben bin. Weg mit dem Schlangengift!«

Und sie wirft den ganzen Inhalt der Tasche ins Feuer, lockert es mit der Harke auf, sodass es hoch auflodert.

»Und was sagst du?«

Ich schweige.

VII
Sürkrüt

Samstag. »Heute«, meldet sie, »gibts Sürkrüt, Sauerkraut auf Deutsch, die Franzosen sagen *Choucroute*. Aus dem *Sür* haben sie Kraut gemacht und aus dem *Krüt* Kruste. Plän von Paris!, sagt da unsereins. Na ja, Hauptsache, es schmeckt ihnen! Mit unserem Elsässisch haben sie überhaupt Probleme. So sprechen sie zum Beispiel unseren Nachnamen Heim *Em* aus. Das hat den Doni immer so aufgebracht: Ich bin doch nit die Nummer Dreizehn im Alphabet! Ich reg mich nicht auf, wenn sie *Ma'm Em* sagen, das ist doch lustig, oder? Lach nicht!«

»Weisch, der Hitler hat da viel kaputt gemacht. Weil er hier das Französische nausgeschmissen hat, haben die Franzosen dann das Deutsche nauszuschmeißen versucht. Es ist ihnen fast gelungen. Drunter gelitten hat das Elsässerditsch. Die Kinder sprechens praktisch nicht mehr, die Enkel der Alten, die für den De Gaulle waren, wie die wenigen, die dem Adolf noochgeloff sin. Ich sag manchmal, eigentlich sollte die Pariser Regierung diesem Hitler dafür dankbar sein.«

Sie schweigt eine Weile, sagt dann: »Jaja, jojo ... Ach Quatsch!« Und schweigt wieder.

Ich schweige auch, betroffen.

Dann stellt sie das Sürkrüt auf den Tisch und serviert:

»*Choucroute alsacienne, Monsieur, bon appétit!*«

»Ihr versteht also Französisch, Mutter Sälmel?«

»Ei jo, ich bin vielsprachig: Elsässisch, Lothringisch, Deutsch, Französisch *e un poco italiano,* von meinem Opa, wie du schon weißt. *Dormi, dormi, bambino mio* hab ich meinem Andreesel als gesungen. Jetzt lachst du schon wieder. Machst dich lustig über mich?«

»*Mais non, mais non, chère Ma'm Em!* Solch eine vernünftige Elsässerin wie Ihr trifft man nicht jeden Tag an!«

»Trotzdem, das *Ma'm Em* ist mir lieber als das *Volksgenossin Heim*, das mir der Dorfobernazi mal ins Gesicht geschleudert hat, weil ich ihn mit *bonjour* begrüßt hab. Er hat aber dann nach dem Krieg auch nur Französisch mit seinen Kleinen gesprochen. Typisch elsässisch, sagte mein Doni, man passt sich immer wieder an. Er hat nur Elsässisch gesprochen, der Doni, egal mit wem, sogar, als sie ihn im Lager blutig schlugen. ›Ech ben a Elsasser üs Krütarjersche, wo ich harkumm, fertig basta!‹ sagte er alleweil.

Greif nur zu, schenier dich nit: das Sürkrüt isch aus diesem Krütarjersche – du, sprichs mal nach, wenn du's kannsch! – der Speck ausem Schwarzwald, die Kochwurscht aus Lothringen, der Senf aus Dijon.

›Die geben hier ihren Senf zu allem‹, sagte mein Doni, ›die Innerfranzosen, sogar zu den Sachen wo sie gar nix davon verstehn. Deshalb nehm ich Meerratti anstatt Saneft.‹

Der Doni war halt immer das Gegenteil vom Konträr, wie man hier sagt. Du bisch ein Autonomischt, hab ich ihm mal gesagt. Da hat er sich verzürnt: ›Die Autonomischten von vor 1914 waren für die Franzosen, ihre Nachfolger von 1920 für die Deutschen, pfui!‹

Du bisch aber ein echter elsässer Autonomischt, sagte ich, nicht für die einen und nicht für die anderen.

Da platzte er heraus: ›Die Elsässer sind so dressiert worden, dass sie immer wieder einen Zuchtmeischter brauchen, mal aus Berlin, mal aus Paris. Ohne den wär's ein Sauhaufen.‹

Ja, was bisch dann eigentlich?

›Der Doni. Fertig, basta!‹«

VIII
Die Ameise

Sonntag. »Morgen brauchst nicht zu kommen«, sagte sie
gestern. »Am Sonntag gehen wir ins Hochamt, der Doni
und ich. Der Doni will mir immer ins Deutsche übersetzen.
Ich verstehe ja Französisch, sag ich ihm. ›Macht nichts‹,
meint er, ›dann hast du's doppelt. Oder willst du's auf La-
teinisch?‹

Wen hast du oben schon alles getroffen, Doni? hab ich ihn
kürzlich gefragt.

›Du tätst dich wundern, Sälmel, wer alles da ist. Zuerst
alle die vom Gefallenendenkmal, in Kompaniestärke, wie
man damals sagte. Und die Familie, natürlich, mit deim
Opa an der Spitze, das war ja zu erwarten. Aber dann unser
Dorfobernazi, ja, gerade der. Engelsflügel hat er noch keine,
da muss er noch eine Weile warten, hat's geheißen.‹

Den Hitler aber hasch nit g'sähn, Doni, gell.

›Nein, den hat man in einen Ameisenhaufen gesetzt, als
Lastenträger.‹

In die Hölle der Teufel, also?

›Nein, die Hölle, die gibts nur unten bei euch. Vielleicht,
wenn dieser Teufel ein paar Jahrhunderte lang mit seiner
Last herumgekrabbelt und ganz gebleicht ist, wird der
HERR ihn schließlich doch aufnehmen, hat mir hier einer
gesagt.‹

Schau mich nicht so verstewwert an, Professer. Ich bin nicht
senil. Ich mach mir nur Vorstellungen, wie es in der Anders-
welt unseres HERRN aussieht. Und dabei hilft mir die Seele
von meim Doni, die immer noch in mir herumschwirrt. Ich
weiß, es wird wahrscheinlich ganz anders sein, als ich mir
das ausdenke. Aber wär es nicht gerecht, das Schöne und
Liebe, was wir in unserer Welt gelebt haben, mit hinaufzu-
nehmen? Ich zum Beispiel hätt gern meine Gartenbank mit,

auf der in der sommerlichen Abenddämmerung wir beide, der Doni und ich, sitzen würden und unser Andreesel mit der Frau und den Kleinen kämen uns besuchen. Da hätte der HERR wohl auch sein Pläsier daran, glaubst du nicht?«

Sonntag, also. Ich sitze allein auf der Gartenbank und wische mir den Schweiß vom Gesicht. Denn hat der Doni mir nicht seine alte Sense hingelegt? Das Blatt hat Rost angesetzt, die Schneide ist aber frisch gewetzt. Da hab ich halt die Brennnesseln abgemäht. Einfach war's nicht, und die Schneide hat jetzt Scharten. Da wird der Doni dengeln müssen ... Es hat mich sicher die alte Sälmel herausfordern wollen. Ich lache. Da sehe ich eine Ameise mühsam über meinen Schuh krabbeln. Typisch Ameise, sag ich mir, der Umweg wäre einfacher gewesen!

»Sauber gemäht hast, Professer«, sagt eine Stimme hinter mir. »Ich hab zum Doni gesaat, leg ihm d' Mähj hin, wolle mr mol sähn, ob ers kann, denn er wird sicher kommen.«
Ich drehe mich um: Es ist niemand da.

Du hattest dir vorgenommen, sage ich mir, die Charakteristik dieses Volks zu untersuchen, das dir mal gradgezogen, mal überzwerch gelegt vorkommt, und versuchtest, dich in seinem scheinbaren Wirrwarr und in seiner ebenso scheinbaren Besonnenheit zurechtzufinden, doch es gelang dir nicht. Du suchtest dir dann Urtypen heraus, aus deren Genen die jüngste Geschichte Klone erzeugt hat, die einen sich rasant vermehrend, die anderen sich eher zurückbildend. Doch auch das gelang dir nicht. Und als dein Hirn zu rauchen begann, fing dich diese Frau auf und nun sitzt du mitten in einer verrückten Geschichte drin, die ...

»Hör auf, zu sinnieren«, unterbricht die Stimme meinen Monolog.

»Verdirb mir den Sonntag nicht mit deim überg'scheiten Gered. Morgen gibts Has mit Nudeln. Magst das?«

Ich drehe mich ein zweites Mal um: Da steht sie leibhaftig vor mir und lächelt verschmitzt.

IX
Has mit Nudeln

Montag. Heute gibts Has mit selbstgemachten Nudeln, das wurde immer am zweiten Hochzeitstag serviert. »Das war so Brauch bei uns«, sagt sie. »Die Frauen hättest du sehen sollen: sie sind damals noch in alter Tracht aufgetreten, mit Bändelskapp, Kassaweck und Taffetfürtuch. Das gibts heute nur noch, wenn für Touristen getanzt wird. Na ja, passt nicht mehr in die heutige Zeit. Man muss halt mit der Zeit gehen, gell? Und es ist auch viel praktischer so.

Mein Doni hatte einen Anglees an und einen Zylinder auf. Ein paar Monate später musste er einen Helm aufsetzen, weisch, so einen mit einer Spitze. Pickelhaube sagte man dazu. Dann hat man ihn an die Ostfront geschickt, dort wurde er zweimal verwundet und bekam auch die Diphtherie. Erzähls doch selber, Doni.

›Ja, do han mich die Preiße uf Pole gschickt, wie die meischte Elsasser, geje die Russe. Was gehn mich die Russen an, was gehn mich auch die Preußen an, hab ich mir gesagt und mich gedrückt, wie's nur möglich war. Hätt dann doch zweimal fast ins Gras gebissen, wär der Schutzengel nit gewesen, den mir das Sälmel geschickt hat.

Nach der Diphtherie haben sie mich endlich an die Westfront abkommandiert. Mit den Russen war keine Konversation möglich, dort hat mir wohl mein Berliner Kumpel Jupp einen Ausdruck beigebracht: *proklatnaja woina,* Scheißkrieg, verfluchter. Das langte aber nicht.

Franzosen, die konnte ich einigermaßen verstehen. Wie aber hinüberkommen? Da hat mein Sälmel wieder den Schutzengel geschickt: Bei einem Scharmützel bin ich gestolpert und hab mich in ein Bombenloch fallen lassen. Ich blieb da liegen, bis die angreifenden Franzosen mich fanden. Man hat mich als vermisst gemeldet, die Sälmel wusste aber vom Schutzengel, dass ich nun bei den anderen war.

Der Jupp wär sicher gern mitgekommen, ich hatte ihm aber davon abgeraten: Besorg dir von einem feindlichen Scharfschützen einen sauberen Heimatschuss, zum Beispiel im Graben den Arm hinausstrecken, das ist gescheiter für einen Preußen als desertieren. Als desertierter Preuß würdest du für die Franzosen ein Feind bleiben, und ein feiger dazu. Als Elsässer war man für sie ein Held.

Als sie von mir aber Auskunft über meine Einheit erfahren wollten, sagte ich mir: Ich habe dem Hindenburg ein Schnippchen geschlagen, sollte ich dem Clémenceau nun meine Kameraden verraten? Da ich mich dazu weigerte, landete ich im Gefangenenlager.

Als dann 1941 die Nazis davon sprachen, dass die Elsässer auch eingezogen werden sollten, hab ich zu unserem Andreesel gesagt: Hau ab in die Schweiz, bevor sie dich mustern, dann können sie der Mutter und mir nichts antun. So ists dann auch geschehen.

Und zum Schluss sag ich dir noch, In zwei Kriegen haben die Schlächter an die achtzigtausend der Unseren hingemetzelt, nicht für Frankreich, nicht für Deutschland, nicht fürs Elsass: einfach für die Katz.‹

Jetzt weißt du Bescheid, Professer.«

»Ich wusste es, Mutter Sälmel.«

»Und?«

»Wir haben Frieden. Aus den Todfeinden sind Freunde geworden.«

»Hast recht. Der Doni ist leider zu früh gestorben. Das war sein Traum.«

Die Sälmel steht auf und deckt den Tisch, entkorkt dann eine Flasche Wein und schenkt ein.

»Stoßen wir an, Professer. Auf den Doni und auf den Jupp. Und dann gibts Has mit Nudeln, das magst du doch, gell?«

X
Wahlposse

Dienstag, auf der Gartenbank. Ganz in sich eingesunken sitzt sie da.

»Ich hab Euch heut morgen auf der Gasse gesehen, Mutter Sälmel. Ihr habt da Leute angehalten und ziemlich aufgeregt mit den Händen gestikuliert. Was war da los?«

»Die haben alles vergessen, Professer, alles von damals. Und am Sonntag ist Wahltag. Und am Sonntag nach 'em Amt stecken sie alle den falschen Zettel in die Urne. Ich hab ihnen gesagt: Ich han de Hitler kännt, mache jo nit, dass mol widder so äner kummt! Sie haben aber den Kopf geschüttelt und gelacht. Die Alte spinnt, werden sie sich gesagt haben.

Und am Sonntag nach 'em Amt, da guckt ein jeder schnell um sich im Wahllokal, rafft ein paar Zettel auf, guckt noch mal schnell um sich, tut einen Zettel in den Umschlag, geht zum Tisch, wo die Urne steht, strafft sich, steckt den Zettel durch den Schlitz, nickt den Leuten vom Wahlausschuss zu, unterschreibt und geht stolz hinaus: Ich habs getan! Denen hab ich gezeigt, wo Bartel den Most holt! Am Sonntag, Professer, werdens nur die Hälfte sein, beim nächsten Wahlgang aber ...«

»Mutter Sälmel«, unterbreche ich sie, »übertreibt Ihr da nicht? Wir leben doch in einer Demokratie!«

»Han ich dir nit schun emol gesaat, der Hitler isch wohl tot, er hat aber e Haufe Junge hinterlosse, die jetzt iwer d'ganz Welt verstreut sin? Da sind ganz wilde drunter, die ihr Volk zum Hass gegen den Nachbarn aufputschen, und andere, die ihr eigenes Volk drangsalieren. Und dann gibts die unseren: Glattmäulige für die besseren Leut, Großmäulige für die Stammtischbrüder, Spitzmäulige für die Essigsauern, Gesundbeter für die alten Weiber und falsche Propheten für die Gutgläubigen! Klar, sie sehen nicht mehr aus wie ihr Ziehvater: Sie brüllen nicht, sie geben sich leutselig, reißen Witze, aus denen das Gift unmerklich in die Gemüter tropft. Der eine kommt sportlich daher, der andere hat einen Speckbauch. Und was predigen sie alle? Ordnung!«

Ich bin erschüttert. Ich erkenne sie nicht mehr. Wo hat sie nur diese Sprache her? Wer ist denn diese Frau?

Sie steht auf, hebt liegengebliebene Stängel auf und wirft sie in die Tonne mit der Brennnesselbrühe. Schnaken wirbeln auf. Dann kommt sie zur Bank zurück, atmet heftig und drückt die Hände auf die Herzgegend.

»Mutter Sälmel«, sag ich flehend, »hört auf! Ihr macht mir noch einen Herzschlag! Was würde Euer Doni sagen?«

»Ich glaub«, sagt sie mühsam, »es isch ebe min Doni, der us mir red …«

Mir verschlägt's die Sprache. Ich greife nach ihrer Hand und streichle sie lange. Das scheint sie zu beruhigen.

»Ich muss das zu Ende führen«, sagt sie. »Ja, Ordnung predigen sie. Das heißt: Wir unter uns und die anderen hinaus! Die Araber, die Neger, die Türken, die Schlitzaugen, die Zigeuner, aufs Schiff mit ihnen, ins Flugzeug mit ihnen, ab ins Pfefferland! Meinen Opa hätten sie auch aus'em Land gejagt.«

Dann schweigt sie, schüttelt heftig den Kopf, als schaudere es ihr vor sich selbst. Ich lege meine Hand auf ihre Schulter, sie schaut mich lange an, dann lächelt sie:

»Morgen gibts Schifele mit Meerratti. Kommsch?«

XI
Schifele mit Meerratti

Mittwoch. Gestern war sie ein verhutzeltes, buckliges Weib, nur ihre Augen brannten, blitzten auf und ihre Stimme klang mal heiser, mal scharf. Heute steht sie aufrecht vor mir, die Altersflecken sind verschwunden, ihre Stimme ist wohlklingend und das Gesicht hat den seidigen Glanz wiedergefunden.

Auf dem Tisch Porzellangeschirr und Silberbesteck, in einer Vase ein Malvenstrauß, in einem Glas ein Büschel Herbstzeitlosen.

»Mein Doni brachte mir im September immer einen Malvenstrauß, im Oktober die Herbstzeitlose. Die Malven sind für dich, denn ich hab dich liebgewonnen wie einen Sohn. Die Herbstzeitlose behalte ich für mich, sie sind das letzte Lächeln vor der eisigen Zeit, sagt man.

Du, was war denn das, gestern, sag? Es muss wie ein Alptraum am hellichten Tag gewesen sein. Er spukt halt immer noch herum, dieser Gottseibeiuns. Vergessen kann man ihn nicht, so muss man ihn halt exorzieren, nicht wie die Priester es früher taten, sondern indem man sich lustig macht über ihn. Erinnerst du dich noch an die X- oder O-Beine, die mein Doni sich ins Fußballerfoto hineindachte? Oder an den angeklebten Rabenflügel?«

Sie lacht. So lache auch ich, obwohl es mir nicht nach Lachen ist. Denn ich ahne, dass dies heute unser letzter gemeinsamer Tag sein wird.

Sie stellt die Platte mit dem Schäufele und der Meerrettichremoulade auf den Tisch, entkorkt dann einen Pinot gris.

»Siehst du, das ist typisch elsässisch, wie mein Doni immer sagte: Das Schifele ist schwäbisch, der Pinot kommt aus der Bourgogne, bei uns allerdings mit ungarischem Tokayer veredelt, und unser pikanter Meerratti hilft uns, alles zu verdauen. Mein Doni war noch viel präziser, wenn er das den Leuten explizierte.«

»Euer Doni aber wusste nicht, dass der Meerrettich eigentlich ein Mitteleuropäer ist. Denn Meerrettich verwendet man nur vom Vogesenkamm bis zum Schwarzen Meer. In Österreich heißt er Kren.«

»Und was bist du«, fragt sie mich, »e Elsasser?«

»Kann sin.«

»*Un Français?*«

»*Peut-être.*«

»Ein Deutscher, einer von heute, mein ich, nicht von früher?«

»Könnte man getrost auch sein.«

»Ein Mitteleuropäer, dann?«

»Wenn es um den Meerratti geht: sicher.«

»Du tusch mir ausweiche. Bisch halt e Professer, gell.«

»Das stimmt.«

Wir essen und trinken schweigend, doch mit Genuss. Dann gehe ich zum Fenster, öffne es und schaue ins herbstliche Land hinaus, das in allen Farben aufflammt.

Als ich mich umdrehe, stehe ich wie im Nichts. Es ist alles verschwunden, der Tisch, das Zimmer, das Haus, das Dorf.

»He, Mutter Sälmel!«

Es kommt keine Antwort.

XII
Flammekuche

Ich fand mich am verhexten Brennnesselgarten wieder. Die Stängel standen zwei Meter hoch, die Wassertonne lag verrostet am Boden. Auf der Bank fand ich das Büschel Malven. Ich nahm es mit. Dann ging ich zum Wagen und fuhr nach Hause.

Ich versuchte dann, meine aus den Fugen geratene Zeitrechnung wieder in Ordnung zu bringen. Es gelang mir nicht, so verlegte ich es auf später. Ich musste zuerst Abschied von dieser Frau nehmen.

Schreib ihr einen Brief, sagte ich mir, auch wenn du ihn nicht zuschicken kannst.

Liebe Mutter Sälmel, schrieb ich... und strich es gleich wieder aus, denn eigentlich wäre Liebe Mutter Elsass die ihr entsprechendste Anrede. Übertreibe nicht, Professer, würde sie da schmunzelnd sagen.

Was es morgen zu essen geben werde, würde ich sie dann fragen.

Flammekuche, wäre sicher ihre Antwort.

Ich stand auf und ging ins erstbeste Restaurant. Aber die hatten nur *tartes flambées. Non merci*, wehrte ich ab: Flambiertes mag ich nicht! Und ich fragte mich, was denn jetzt der Doni sagen würde: Nicht mal richtig übersetzen können sie, diese Elsässer, ein Flammekuche ist nämlich nicht flambiert! Und ich dachte dabei auch an das *Ma'm Em*. Der Ober schlug mir dann eine Pizza margherita vor. Ich wollte schon verärgert aufstehen, als es leise in mein Ohr fließt: »*Sul mare lucida ...*

Musch nit immer auf den Doni höre, der isch zu bockig«,

säuselte der Schatten, der von dem offenen Fenster an mir vorbeigeweht wurde.

Als ich zu Hause meinen Rucksack leerte, fand ich eine Halbliterflasche, auf deren Etikette gekritzelt war: Mirabellenschnaps.
Mit der Mirabelle schlief ich ein.

Am anderen Tag sagte ich zu einem Kollegen, der nach meiner Arbeit fragte, ob ich das Elsass nun enträtselt habe:
Wer das Elsass zu verstehen versucht, antwortete ich, den schicke man zur Mutter Sälmel und ihrem Mann Doni, die mit dem Hitler geboren wurden und so lange leben werden, bis die letzten nationalpopulistischen Popanze die Bühne verlassen haben.
Er schaute mich entgeistert an.

Zeitenwende

I
Samir

Was hat mich denn in dies nasskalte Elsass getrieben? Warum bin ich nach vielen Jahren zurückgekommen und gerade zu dieser stillen, leeren Zeit? Die Weihnachtsmarktchalets sind abgeräumt, das elsässische Christkindl ist abgezogen. Es hat sowieso nur noch eine Nebenrolle gespielt, denn der rotgekleidete, rotnasige und weißplüschbärtige Weihnachtsmann alias *Père Noël* hat ihm die Schau gestohlen.

Daran war dieser sonderbare deutsch verfasste Flyer schuld, den ich vor Weihnachten hinter den Scheibenwischer meines Wagens geklemmt fand, und der für eine nachweihnachtliche Ferienwoche warb: »Für die Lostage: Natur pur in einem einsamen Nordvogesentälchen – Stille und Einkehr – Einführung in elsässische Typologie, wenn verlangt. Verkehrsfreie Kleinsiedlung. P in Ixbourg bei Taxi-Station Samir«

Ich rief also diesen Samir an, der mich sofort mit dem *petit hôtel* des Orts verband: Die *Madame la Patronne* werde sich freuen, einen ausländischen Gast empfangen zu können, *oh oui*. Was mir die Madame dann am Telefon bestätigte, ohne allerdings nach meinem Namen zu fragen. Sie habe das Hotel wohl für ein paar Tage schließen wollen, für einen ausländischen Monsieur aber wolle sie gern eine Ausnahme machen.

»So, Sie hatten schließen wollen, Madame? Davon stand aber nichts auf dem Werbezettel!«

»Das war wieder mal eine Idee unseres lieben Samir, antwortete sie, der ist nämlich sehr geschäftstüchtig!«

Nun sitze ich im Taxi. Samir spricht ein leicht arabisch getöntes Französisch.

»Das ist Privatstraße«, sagt er, »da fährt sonst niemand

als ›Samir Taxi & Livraisons‹. Die Straße hat scharfe Kurven, ich brauche da schon eine Viertelstunde bis hinauf. Na ja, es ist erst halb neun, Sie werden also noch beizeiten zum Frühstück ankommen.«

Wir fahren durch dichten Tannenwald. Samir summt irgendetwas auf Arabisch. Ich bin neugierig zu erfahren, wohin ich denn eigentlich gefahren werde und unterbreche seinen Singsang:

»Wie heißt denn die Ortschaft, wo wir hinfahren?«

»Sie hat keinen Namen, wir sagen einfach »*le Dörfel*«, uf elsassisch: 's Derfel.«

»Sie sprechen auch Elsässisch, Samir?«

»Kann ich au«, antwortet er, »awer besser Franzeesch.«

»Und das Hotel, Samir?«

»Es hat auch keinen Namen, wir sagen einfach *l'Hôtel*. Früher war's ein Forsthaus.«

»Und wo wohnt die Bevölkerung?«

»In kleinen Chalets, sowie in zwei ehemaligen Köhlerhäuschen, die man ausgebessert hat. Und am Waldrand steht ein sehr altes Kirchlein.«

»Wohnen viele Leute in dieser Siedlung?«

»Es kommt drauf an, mal ist alles besetzt, mal nicht.«

»Und was sind's für Leute?«

»Das werden Sie schon erfahren, Monsieur.«

»Rücken Sie doch heraus mit der Sprache, lieber Samir!«

»Na, wenn Sie's wissen wollen: Diese Dörfler sind eine besondere Rasse, unberechenbar, eigensinnig, aber so lieb, ja, *mais un chouia maboul*. Verstehen Sie das? E bissel plemplem, sagt man unten in der Ebene.«

Er bremst vor dem Hotel ab: »So, wir sind angekommen, Monsieur, *bon séjour*!«

»Merci Samir. und ich freue mich auf das *chouia maboul*!«

II
Malva

Vor einer Stunde kam ich also an. Die Wirtin stand vor der Tür, eine einnehmende, reife Frau, schlanke Gestalt, fein geschnittenes Gesicht, tiefblaue Augen, das blonde Haar zu einem Dutt geknotet. Ich war etwas verwirrt: Wie spreche ich sie an?

»Da sind Sie nun«, sprach sie auf Französisch. »Aber kommen Sie doch herein!«

An der Theke schenkte sie mir ein Glas Muscat ein und zündete am Christbaum eine Kerze an: »Für Sie, als weihnachtlicher Willkommensgruß.«

»Merci, Madame ... Pardon, ich vergaß Ihren Namen.«

»Liebe Gäste nennen mich Malva.«

Ich schaute sie erstaunt an. Sie lächelte.

»Und ich hab nicht nach Ihrem Namen gefragt«, sagte sie.

»›Das ist sicher ein Gelehrter‹, flüsterte mir Samir vorher zu. *C'est bien ça, Monsieur le Professeur, ou* Herr Professor, *oui*?«

Ich wehrte ab: »Bitte, bitte, weder Monsieur noch Herr!«

»Dann halt einfach Professer, *uf güet Elsassisch!* Egal, Sie werden uns ein lieber Gast sein.«

Dann fuhr sie unvermittelt auf Hochdeutsch weiter:

»Sie wollen also, als einziger Gast, das Jahrtausend mit uns abschließen?«

»Daran hab ich gar nicht gedacht«, sagte ich überrascht.

Sie lachte: »Na na, Sie zerstreuter Professer! Oh, pardon!«

Das Eis war gebrochen: wir schüttelten uns lächelnd die Hände.

Dann brachte die Köchin Malika das Frühstück: Es war opulent, elsässisch halt.

Stefanstag 1999 also, raureifiger Sonntagmorgen, dem aber ein sich anzeigender nieselnder Mittag die kristallene Zierde bald abzulecken beginnen wird.

»Wenn's nur schneien würde!«

»An den Lostagen schneit es selten«, sagt sie.

Die Sonne blitzt plötzlich durch den Hochnebel. Dann wird es wieder diesig. Ich schaue durchs Fenster am Tannenwald hoch: finsteres Dunkelgrün.

»Ein bisschen schneegepudert wär er mir halt doch lieber gewesen«, sag ich.

»Da wären Sie besser in die Hochvogesen gefahren, dort liegt schön Schnee. Wenn Sie aber die Einsamkeit des Bergwalds lieben, egal wie das Wetter sich zeige, wie Sie es am Telefon sagten, rate ich Ihnen, gleich aufzubrechen, es wird früh Nacht«, sagt sie.

Das Dörfel scheint noch zu schlafen. Vom Kirchturm schlägt's zehn. Dann wieder die absolute Stille, nicht mal ein Hundegebell.

»Läutet es denn nicht zum Gottesdienst, heut am zweiten Weihnachtstag?«

»Der Pfarrer und der Pastor zelebrieren ökumenisch unten in der Nachbargemeinde, aber vielleicht treffen Sie den Waldprediger an, der benutzt manchmal diese kultischen Pausen für sein eigentümliches Wort zum Sonntag«, sagt sie.

»Aha! Da ich auf steinzeitlichen und keltischen Pfaden wandern werde«, sag ich schmunzelnd, »freu ich mich also auf diesen christlichen Schamanen!«

»Vielleicht finden Sie eine Feuersteinspitze im Wurzelgeflecht eines umgestürzten Baums!«

War das feine Ironie? Ihr ausdrucksvolles Mienenspiel zeigt aber nur freundlich zurückhaltendes Wohlwollen. Wieder blitzt ein Sonnenstrahl am Fenster vorbei.

»Die Sonne meint es gut mit Ihnen«, sagt sie.

»Nur momentan! Ich traue ihr nicht recht!«

Ich breite meine Wanderkarte aus, merke mir den Weg und die Markierungen, schnüre meine Trekkingschuhe fest. Wo ist mein Regenponcho? Wo ist mein Rucksack?

»Auf der Theke, Professer, wo Sie ihn vorher hinstellten! Malika hat Ihnen Schinkenbrote und etwas zum Trinken hineingesteckt«, sagt sie.

Warum bin ich denn heute so schusslig?

III
Der Waldprediger

Nach einer Stunde bringt mich der Pfad zu einem hohen Felsen, der die Form einer Kanzel hat und dementsprechend so heißt. Da hör ich über mir ein Räuspern.

»Hab ich Sie erschreckt?«, tönt eine Bassstimme von oben.

Ich lache: »Wie sind Sie da hochgekommen und wie kommen Sie wieder herunter?«

»Ich bin ein alter Sportkletterer«, sagt der Bass, »ich schaff das problemlos. Aber zuerst muss ich meine Predigt abschließen: Also berechne nicht die Zukunft, Freund, sondern nütze den Tag! Denn alles andere ist Windhauch! So sprach der Prediger im Buche Kohélet. Amen!«

Er verschwindet. Ich höre wie sein Schuh den Sandstein kratzt, dann einen Plumps und ein Hoppla! Da steht er schnaufend vor mir, massig mit Tschapka, Parka, Rucksack und silberdurchwirktem schwarzem Vollbart, und setzt sich neben mich auf die Bank.

»Man nennt mich hier den Waldprediger Franzepp«, stellt er sich vor.

»Mich nennt man Professer«, antworte ich.

»Hab mir's gedacht«, sagt er. »Wir haben auf Deutsch Bekanntschaft gemacht, hätten Sie's lieber auf Französisch gehabt? Sowieso, wenn ich Deutsch spreche, klingt's in meinem Kopf französisch. Und wenn ich Französisch spreche, klingt's in mir deutsch.«

»Sonderbar«, sag ich.

»Nein, nicht sonderbar, aber elsässisch, wie es eigentlich in diesem Land sein sollte und leider nicht mehr oder immer noch nicht ist.«

»Predigen Sie oft von Ihrer Sandsteinkanzel?«

»Predigte! Denn zur Jahrtausendwende hab ich den Zyklus abgeschlossen. Ich stieg nur auf die Kanzel, wenn unsere zwei geistlichen Herren am Sonntag pausierten oder auswärtiger Besuch angesagt war … Und es kulturpolitisch in mir kochte!«

»Aha. Predigten Sie nun auf Deutsch oder Französisch?«

»Den Elsässern auf Französisch«, sagt er, »mit deftigen, schonungslosen Dialekteinlagen allerdings. Den Badenern und Pfälzern auf Pfarrersdeitsch, das gefiel ihnen ganz besonders.«

»So? Sind Sie drüben also auch bekannt?«

»Das hat sich dort so rumgesprochen. Die kamen besonders am ersten Mai, am Pfingstmontag und an ihrem Nationalfeiertag. Da musste ich jedesmal zwei Seancen vorsehen.«

Ich versuche ernst zu bleiben: »Wie kamen Sie denn zu diesem sonderbaren, sich selbst auferlegten spirituellen Auftrag?«

»Nachdem ich meine dilettantischen Studien von einer Sprache zur anderen und retour abgebrochen hatte, guckte ich schließlich kurz in die Bibelkunde hinein, von der mir besonders das Buch Hosea und der Prediger Kohélet in Erinnerung blieben: Wenn ersterer gegen den Abfall des Volkes zu den Baalen wettert, sagt mir der andere: ›Ach, lass das! Kommt's wie's kommen will!‹ So holten meine Predigten ihren Leitspruch zuerst beim Hosea. Die Zuhörer mochten's nämlich, wenn man ihnen in Kapuzinerart kurz und bündig ans Gewissen klopfte. Merkte ich aber an ihren Mienen, dass nix was nutzen wird, schickte ich sie mit Kohélet nach Hause. Die Themen meiner Predigten können Sie sich vorstellen: Alles was hüben und drüben Pfarrer und Pastöre der elsässischen Hammelherde und den *Es-gibt-kein-Bier-auf-Hawai-Deutschen* sich nicht zu sagen getrauen. Unsere beiden hier mahnten mich, ich solle doch auch die letzte Vision des Amos hervorheben, da wo sich alles zum Guten wendet! Das überlass ich Ihnen, antwortete ich. So ergänzten wir uns halt. Amen.«

Er steht auf, klopft mir auf die Schulter und sagt: »Nütze diese Tage hier, Freund! Spürst du Kohélets Windhauch?« Über uns am Himmel blendet plötzlich eisiges Blau.

IV
Omelette forestière

»Na, wie war die Predigt, Professer?«

»Ich kam zu spät, kurz vorm Amen. Und es fehlte das Publikum.«

»Er wollte nur Ihre Bekanntschaft machen, der Bär.«

»Ja, er ist ein Honigbär, der sich aber auch aufs Reißen versteht. Sagen Sie, Malva, ist das mit dem Waldpredigen ein Jux, oder meint er es ernst?«

»Beides, Professer.«

»Ich verstehe das nicht.«

»Wir sind halt so, hier im Dörfel, eigenartig. *Un chouia maboul*, wie Samir es Ihnen blumig arabisch sicher gesagt hat! Er ist unsere einzige Verbindung zur Außenwelt. Wir sind hier sowas wie eine klitzekleine autonome Dorfrepublik. Sie lächeln. Mit recht, ich lächle ja auch. Und der Franzepp, wäre er hier, würde grinsen, so wie der Gummiwandboxer El Muni, und alle anderen ›Außerirdischen‹ hier, wie wir in der Ebene genannt werden.«

Ich hätte große Lust, loszuplatzen, halte mich aber zurück. Werde ich hier auf den Arm genommen? Nein? Was hier gespielt wird, muss doch einen Sinn haben!

»Ein Aperitif, ja?« Und sie stellt mir wieder ein Glas Muscat hin.

»Sie haben sicher großen Hunger. Heut abend gibts *Omelette forestière*. Sie mögen doch Champignons, gelle? Unsere sind absolut cäsiumfrei! Am Tschernobyltag hats hier nämlich nicht geregnet!«

Ich bin ziemlich müde, den ganzen Tag kreuz und quer durchs Gebirge gewandert, an einem römischen Grenzstein vorbei, »ave Caesar« gemurmelt, meine Schinkenbrote in einer Grotte verspeist, ein Achtel Rosé dazu getrunken, das sie mir in einer kleinen Plastikflasche in den

Rucksack gesteckt hatte, dann auf einem Felsklotz meine Hand in eine Cupula getunkt: Weihwasserkessel für Schamanen, sagte ich mir, schließlich auf La Tène-Erdwälle gestiegen, in Wurzelgeflechten gewühlt und keine Feuersteinspitze gefunden.

Das Omelett schmeckt ausgezeichnet, das folgende Dessert, Apfelküchle, ebenso.

Sie bringt zwei Tassen Kaffee und setzt sich zu mir:

»Sie sollen wissen, Professer, wir sind hier trotz allem normale Menschen, die normal leben. Unser Bär, zum Beispiel, ist kein Fabeltier! Der Franzepp ist in der Welt herumgekommen, hat ein paar Bühnenstücke verfasst, auch Filme gedreht, um den Verlauf der Entheimatung von Minderheiten zu dokumentieren, dies besonders in Sibirien. Da möchte er wieder hin.«

»Ich dachte mir doch, der hat etwas Schamanisches an sich«, sag ich.

»Er hat nur den scharfen Blick für kulturelle und soziale Veränderungen, die von einer allzu schnellen Globalisierung verursacht werden. So gehen der Menschheit überlebenswichtige Werte unwiederbringlich verloren. Und was wir seit einem Jahr in diesem Dörfel versuchen, ist, eine neue Kultur des Zusammenlebens auszudenken.«

»Malva«, tönt eine Bassstimme, »mach's doch nicht so kompliziert! Sag doch einfach: ›Wir spielen hier Klein-Elsass mit all seinen Mucken und Träumen.‹ Mal sehen, was dabei herauskommt: eine Komödie oder ein Trauerspiel? Dies aber nur für die Laienbühne!«

Franzepp geht laut lachend zur Theke, hantiert dort herum, bringt eine Schnapsflasche und drei Gläser, setzt sich hin und sagt:

»Na, Freund Professer, haben Sie den Tag genützt? Nützen Sie dann auch unsere nächsten fünf! Brrr, hab vergessen, die Tür zu schließen, hier ziehts!«

»Windhauch«, sag ich.

V
Lothar

Windhauch? Ein Orkan soll es gewesen sein, gestern um die Mittagszeit, als ich mit Kohélets Segen versehen in die Bergeinsamkeit entlassen wurde und den Waldfrieden genoss. Ein beruhigendes Rauschen – oder war es schamanisches Raunen? – begleitete mich durch die Buchenhaine und Tannendickichte, während um unsere stille Berginsel herum, unhörbar für uns, teuflisches Pfeifen und Johlen durch das ganze Land rasten.

Wir erfuhren es erst heute Vormittag, als Samirs Motorrad vor dem Hotel abbremste, der Pastor vom Beifahrersitz sprang und uns zurief: »Jetzt holt er den ›Frater catholicus‹. Da unten war die Hölle los! Die Straßen von umgestürzten Bäumen versperrt! Mit dem Auto kann man nicht mehr durch! Und für den Orkan hat man sogar schon einen Namen gefunden: Lothar!«

Im Nu war das ganze Dorf zusammengelaufen und drängt sich nun zur Hoteltreppe, auf der ich stehe, hinter ihnen der Pastor und der breit grinsende Waldprediger.

Ich frage die Leute: »Hat's von euch auch keiner am Fernsehen oder am Radio erfahren?«

»Nää«, sagt ein Dicker, »am Stäffesdaa werd bi uns g'schlofe. Ihr han jo au g'schlofe, oder?«

»Nää, nää«, sagen sie alle: Der Radioamateur verkehre nur mit Funkklubs in Tahiti und den Antillen. Ein anderer schalte den Kasten schon gar nicht ein, wenn kein Fußballmatch angesagt sei. Und von hinten gibt einer lauthals kund, dass er sowieso »nit glaub, was die im Radio un in der Télé alles verzapfe, do hör un gügge er prinzipiell gar nit zü!« Und das *Nää* läuft von Mund zu Mund, mal gekräht, mal gelacht, mal gebrummt.

Da sagt eine stattliche Frau: »De Stäffesdaa isch bi uns de Bündelesdaa, das isch der Tag, Mösjö, an dem d'üsgewächselte Knächt un Mägd ihr Bündel g'schnürt han. Knächt un Mägd hets keini meh, defer gibts Hochnäsigi genüe, wo eim uf d'Närve gehn, so spiele mr halt am Stäffes 's Bündeleschnürewürfelspiel! Nää, an Ejch han mr debie nonit gedenkt, mir kenne Ejch jo küm! Un do gehts so luschtig zü, dass dü ken Zit hasch, in d'Welt nüs ze gügge!«

»Wissen Sie«, fragt mich dann eine ältere Dame, »von wo dieser Lothar denn herkommt? War der nicht mal unser König, ganz früher, als wir zu Lotharingien gehörten? Kommt der jetzt wieder im Sturmgebraus? Was für eine Fahne werden die drunten nun heraushängen müssen?«

Und ihr Nachbar fügt hinzu: »He, Mösjö, mr het mir g'saat, Ihr solle e Saarbricker sin, d'Saarländer han ja domols au dezüg'hört, do wird der Lothar zü Ejch g'saat han: Geh versteck dich dort obe, ich rasier derwil dene müde Elsässer unte e paar Schneise in d'Landschaft enin!«

Unterdessen war auch der »Catholicus« mit dem Samir eingetroffen. Und ich hab wohl gesehen, wie der Pastor den beiden ins Ohr flüsterte und sie sich alle drei den Bauch hielten. Und der Waldprediger grinste immer breiter.

Diese Sippschaft nimmt mich auf den Arm, sag ich mir, und dies auch noch mit dem Segen beider Konfessionen! Ich schaue mich, verärgert und beschämt zugleich, nach einer helfenden Stimme um … Da ergreift eine Hand meine Rechte und zieht mich ins Hotel zurück.

»Nehmen Sie es dem Volk nicht übel, Professer«, sagt Malvas warme Stimme. »Das war nur ein Spiel, und Sie hätten gut daran getan, ins Spiel einzusteigen.«

Da treten die zwei Geistlichen mit dem Waldprediger ins Lokal, klopfen mir kameradschaftlich auf die Schulter und Franzepp spricht: »Wissen Sie, früher waren die Elsässer zur Satire und Selbstironie veranlagt, heute scheint denen drunten diese Veranlagung verloren gegangen zu sein. Nur hier am Berg lebt die Lust weiter! Nun, das war eine spontane aber zu trockene Äquatorialtaufe, lieber Professer. Sie gehören jetzt zu uns. Und das wollen wir begießen. Malva, eine Flasche Crémant zum Stefanstag unseres Professers! Unsere zwei Herren da werden wohl damit einverstanden sein.«

»Amen«, sagen die beiden.

VI
Gepresste Malven

Dienstag. Ich habe schlecht geschlafen, mir immer wieder überlegt, ob es nicht klüger wäre, den Samir anzurufen, er solle mich in eine normale Welt zurückbringen. Aber steckt der Algerier nicht mit den *maboulen* Leuten hier unter einer Decke?

Frostklarer Morgen. Ich muss unbedingt das alles loswerden, ziehe also den gefütterten Trainingsanzug an und mache mich im schnellen Gang auf den Weg hinauf. Mitten im Hang geht mir der Atem aus. Und da steht Malva, droht mir lächelnd mit dem Finger: »Professer, Ihr Herz! Kommen Sie mit hinab, ich lade Sie zum Frühstück ein.«

Und sie hakt sich bei mir ein: »So laufen Sie mir nicht weg und schonen Ihr Herz!«

Nun sitzt sie mir gegenüber. Sie hatte den Dutt aufgelöst, langes welliges Haar umrahmt nun ihr leicht gerötetes Gesicht. Sie scheint mir plötzlich jünger geworden zu sein, die etwas herben Falten haben sich in Lachfältchen verwandelt. Ihr Blick mal fragend, mal wissend. Wer ist denn diese reife, schöne, rätselhafte Frau? Will sie mich etwa becircen? Wir frühstücken schweigend.

Endlich bricht sie dieses Schweigen: »Sehen Sie diesen kleinen Bildrahmen mit den gepressten Blumen dort an der Wand? Es sind rosarote polnische Malven, vom Bug, die hat meine Großmutter in ihrem Garten gepflückt.

Kennen Sie unsere galizische Geschichte? Mal waren wir österreichisch, mal ukrainisch, mal polnisch. und wir lebten in all diesen Sprachen, auch in der jiddischen. Dann kam der letzte Krieg. Mama hat mir nie viel davon erzählt, nur dass Großmutter an jenem verhängnisvollen Tag ihr ein Bündel zuwarf und schrie: ›Nimm das Pferd, Kind, flieh, flieh!‹

Mama fand Zuflucht in diesem Land hier. Ich bin hier geboren. Ich bin also Elsässerin, ich bin Französin, aber tief in meinem Inneren bin ich eine Polin geblieben, vom Bug, den ich nie sah. Manchmal sag ich mir: Du bist eine von Großmutters Malven, vergiss es nicht ...«

Wieder ein langes Schweigen.

»Schließlich stammen die meisten von uns hier von irgendwo anders her. Wie der Franzepp, dieser karpatische Bär, wie der Zani (Zani? Ich schaue sie fragend an.), wie der Zigeuner Michele, wie die Schlawonjers, die im 18. Jahrhundert bitterer Armut wegen von hier nach Slawonien zogen und 1945 von dort vertrieben wurden. Ich will sie nicht alle aufzählen, die aus welchem Grund auch immer Vertriebenen, Geflohenen, hier schließlich zu Elsässerfranzosen geworden, vom Anderssein aber immer noch gezeichnet, es so stark in sich spürend, dass die einen sich dafür schämen und die anderen wie Neubekehrte eifernd das Überlieferte verwerfen. So dass ich ihnen immer wieder sagen muss: ›Tragt keine Nostalgie mit euch herum, seid aber stolz auf die ererbte Kultur, mit der neuerworbenen zusammen ergibt das eine reiche Diversität.‹ Sie verstehen mich aber nicht ...«

»Und die anderen, Malva, die hier angestammten?«

»Denen hat man die Vergangenheit immer wieder entweder konfisziert oder geklittert: 1871, 1918, 1940, 1945.«

Sie steht auf, lächelt mich an: »Das war eine lange Rede, gelle Professer? Malika«, ruft sie, »komm räum ab, *s'il te plaît*.«

Und ich frage mich einmal mehr: Wer ist denn diese rätselhafte Frau? Was für eine Rolle spielt sie hier?

Hinter der Theke steckt sie ihr langes welliges Haar zu einem Dutt auf.

VII
Windhauch

Mittwoch. Malvas »lange Rede« hatte mich gestern so erschüttert, dass ich mich entschied, für einen Tag abzuschalten. Ich schulterte also meinen Rucksack und verließ die »Insel«.

Nach drei Stunden erreichte ich den verwüsteten Wald und stieß auf einen Förster, der die von Lothar geschlagenen Schneisen besichtigte und den Schaden provisorisch abschätzte.

»Ein kolossaler Verlust für die Forstverwaltung«, sagte er. »Man wird daraus lernen müssen: Monokulturen bringen zwar schnellen Ertrag, sind aber sehr anfällig gegen solche Windstöße und Schädlingsbefall. Man sollte nun diese Schneisen der Mutter Natur überlassen ... Sie kommen von der Köhlersiedlung? Dort ist sicher nichts passiert, das enge Tälchen ist sturmsicher. Habt ihr etwas davon gemerkt?«

»Nein, sagte ich, nur einen Windhauch.«

Er lacht: »Windhauch, sagen Sie? Da haben Sie sich wohl eine Predigt des Franzepp angehört? Mit diesem Wort schließt er gerne ab! Ein begabter Komödiant, dieser Franzepp, und zugleich eine touristische Attraktion!«

Ich kam bei anbrechender Nacht zurück. Die Gaststube war leer. Malika fragte, ob ich eine warme Suppe mit Markklößchen möchte und auf der Anrichte sei ein kaltes Buffet bereitgestellt, ich möge mich dort bedienen. Madame Malva sei bereits auf ihrem Zimmer.

Ich hörte gedämpfte Klaviermusik. Es klang nach Chopin.

Das war gestern. Heute nach dem Frühstück erschien sie im Trainingsanzug: »Hinter dem Hotel haben wir einen gemütlichen Waldlehrpfad, kommen Sie mit?«

Unterwegs erzählte sie, wie sie auf die Idee kam, so einen Pfad anzulegen, dies im munteren Plauderton, und ich hörte gebannt dieser perlenden Musik zu. »Wiederholen wir das morgen?« fragte sie. »Wir könnten zur Schönen Aussicht wandern, ja? Oh pardon, ich vergaß ganz, Ihnen zu sagen, dass es den Pfarrer freuen würde, wenn Sie ihn heute Nachmittag besuchen könnten.«

Da begann es, flaumleicht zu *schneielen*, wie man hier sagt.

Wir sitzen im Kirchlein. An den Wänden verblichene Heiligenbilder aus der Köhlerzeit. »Mein evangelischer Mitbruder«, sagt er, »lässt Sie grüßen: Seine Frau hat vor zehn Tagen entbunden, sie werden aber zur Kindtaufe hier sein. Wir wohnen in den zwei alten Köhlerhäuschen.«

Und er erzählt mir: »Ich bin gerne Priester, Professer, nur das Hierarchische, Römisch-Zentralistische störte mich immer wieder. Man spricht wohl von Ökumenismus, doch nach dem Motto: Je schärfer wir getrennt sind, desto besser verstehen wir uns. Das mag in der Politik gelten, aber nicht in Christi Namen. Mit 65 ging ich Anfang des Jahres in Pension und zog mich hierher zurück. Ich wusste, dass ich da einen jüngeren evangelischen Mitbruder und seine Frau treffen würde, die beide auch unter der scharfen Trennung leiden. In dieser Zuflucht suchen wir nun nach neuen Wegen zu einer christlich-bikulturellen Einheit. Das sei doch nur Windhauch, meint Franzepp. Aber heißt es nicht, der Geist komme nie im Sturmwind daher?«

Ich nicke und frage ihn: »Was halten Sie von den Leuten hier?«

»An sich sind sie nicht verschieden von denen unten, nur witziger«, sagt er, »offener, fragender auch, zweifelnder oft. Es ist nicht immer einfach, ihr Inneres zu entschlüsseln, sowie das unseres polternden Ersatzpredigers!«

»Und Malva?«

»Das große Rätsel, Freund, auch für meinen Kollegen. Ihr Mann soll vor einigen Jahren als freiwilliger Helfer in Afrika umgekommen sein ...«

VIII
Der karpatische Bär

Donnerstag. Als ich mit Malva von unserer Morgenwanderung zurückkam, winkte mich diese ältere Dame mit der lotharingischen Schrulle zu sich: »Na, haben Sie etwas über diesen Lothar erfahren können?«

»Ja«, antwortete ich, »dieser Lothringer hat furchtbar gewütet, in der Ebene wie auf der anderen Seite des Bergs. Und er soll sogar ganze Landstriche in Frankreich bis weit nach Deutschland hinein verwüstet haben.«

»Der hat immer noch eine Wut im Bauch«, sprach sie, »dass die Nachbarn sein Reich unter sich aufgeteilt haben. Meinen Sie nicht auch, Monsieur, dass, wenn wir all die Jahrhunderte durch einen Staat gehabt hätten von Friesland bis Italien, hätt es diese ganzen Kriege zwischen Franzosen und Deutschen gar nicht geben können!«

Die faselt, sagte ich mir. Steige ich in ihr Spiel ein? »Und«, fragte ich, »was für eine Sprache wäre in diesem Völkersammelsurium gesprochen worden?«

Ein verschmitztes Lächeln kräuselte ihren Mund: »Ei, Lëtzebuergesch!«

Ich gab mich geschlagen, schüttelte den Kopf und nickte ihr kurz zu.

»Ich nehme an, Sie wollen zum Franzepp«, sagte sie dann. »Den finden Sie unterhalb der Kanzel an einer Felswand, dort macht der Bär nämlich seine Turnübungen!«

Unter dem Felsüberhang brennt ein kleines Feuer. Er sitzt auf einem Stein und schürt es.

»Setzen Sie sich auf den Klappstuhl«, sagt er, »ich hab ihn extra für Sie mitgebracht.«

»Aha«, sag ich, »und Sie haben diese ältere Dame beauftragt, mich herzuschicken!«

»Ja, Dame Charlotte, die Luxemburgerin, die nur aus

bloßer Neugier zu uns kam. Die hat den politischen Schalk im Nacken sitzen! Von den Luxemburgern könnten wir noch einiges lernen, meint sie. Sie hat Recht, denn die sind mehrsprachig und die Hälfte kommt ja von überall her.«

»Wer sind Sie eigentlich, Franzepp?«

Er rückt seine Tschapka zurecht und sagt: »Wer war ich? Malva sagt, ich sei ein karpatischer Bär. Stimmt, wir kommen aus Transsilvanien. Bin ich nun Siebenbürger Sachse, Rumäne, Ungar, vielleicht gar Osmane oder eine Mischung von all diesen? Urpapa sagte zu diesem Problem: Wir sind Habsburger, Punktum! Denn er hieß Franz Joseph wie der Kaiser. Mich hat man elsässisch verfranzeppt, als Papa dem Ceaucescu ein Schnippchen schlug, hier landete und sofort eine Elsässerin verführte, die mich in Kaysersberg zur Welt brachte.«

»Oh!«, ruf ich aus, »Sie wären also ein Nachfolger des Münsterpredigers Geiler von Kaysersberg! Jetzt verstehe ich!«

Er lacht: »Nein, hab nie was von ihm gelesen. Ich bin von Heute, das nahe Gestern als Proviant im Rucksack. Ich weiß, dass die Veränderungen seit Jahrtausenden ihren Weg gehen, mal in raschem Tempo, mal lange pausierend. Ich versuche immer wieder Orientierungen vorzuschlagen, mal im Film, mal auf der Bühne. Manchmal hab ich den Eindruck, es nutzt nix: Die Elsässer, zum Beispiel, pflegen zu gern den Krämergeist, schweißen ihre Eigenart in folkloristische Plastikfolien ein ...«

»Freund Franzepp! Da übertreiben Sie aber!«

»Klar, ich übertreibe! Das muss das Osmanische in mir sein. Aber wissen Sie, manchmal muss man plakativ vorgehen, fast im ›Hau-den-Lukas-Stil‹, wie es der ex-Spanier El Muni so gut kann. Muni ist nämlich die elsässische Übersetzung von *toro*. Pardon, ich habe ganz vergessen, weshalb ich Sie hier erwartet habe: Ich möchte Sie heute Abend zum letzten Sketch unseres Programms ›Elsässische Typologie‹

einladen, in dem unser Muni als Gummiwandboxer auftritt. Zwanzig Uhr, lieber Professer, Eintritt frei!‹

Ich bin baff.

IX
Gummiwandboxen

Die Gaststube ist voll. Am Stammtisch sitzen ein sogenannter *Glatt* und eben dieser El Muni. Sie sprechen Pidgin-Elsässisch, diese typische Mischsprache aus alemannischen und französischen Elementen, vor der die Puristen einen Horror haben, deren *Code-switching* ausländische Touristen aber recht spaßig finden. (Ich werde selbstredend für diesen Bericht hauptsächlich Normaldeutsch verwenden.)

El Muni: Allez, rüss mit de Sproch, Glatter!

D'r Glatt: Écoute, ich hatte zwei Leben. Im ersten, im jungen, war ich ein freier Mensch, sogar ein Rebell, hab im Mai '68 die Uni gestürmt. Du, da war was los! Als der Rummel vorbei war, fragte ich mich: Und jetzt? Schaffe musch! So bin ich halt in der Schulverwaltung gelandet. Als Beamter bist wohl kein freier Mensch, sondern ein Befehlsempfänger. Egal, du machst dir keine Sorgen um die Zukunft und wirst regelmäßig befördert.

El Muni: Und dies bis zum höchsten Grad der Inkompetenz, gell!

D'r Glatt (lacht): Ja, wie die Schul-Inspecteurs, denen ich nun gleichgestellt war!

El Muni: Du Erzschlawiner, du! Da hast du also mitgeholfen, unsere ersten Erfolge für Zweisprachigkeit im Unterricht abzubremsen!

D'r Glatt: Wie gesagt, als Staatsbeamter hast du keine andere Wahl: Entweder du führst aus, oder wirst versetzt! Gehst du dann in Pension, freust du dich an deiner gesicherten Rente, kehrst aber den Menschen wieder heraus und sagst dir: Das wars, genieß jetzt dein neues Leben in totaler Freiheit. Deshalb bin ich hierhergekommen. Denn ich kann euch helfen, ich weiß ja Bescheid, wie das funktioniert. So, jetzt weisch alles. *Et toi?*

El Muni: Bei mir wars umgekehrt. Ich war nämlich Boxer, Gummiwandboxer.

D'r Glatt: Aha, *c'était donc toi*, jetzt ischs raus!

El Muni: Ja, ich wars, hab gegen die Gummiwand geboxt, die der Zentralstaat mit deiner Hilfe, hier wie in der Bretagne und im *Pays Basque*, gegen die Bestrebungen zur kulturellen regionalen Eigenständigkeit aufgestellt hat!

D'r Glatt: Na ja. Du wirst aber gemerkt haben, dass diese Gummiwand keine Betonwand ist wie bei den Nazis und dass sie gut in die Landschaft hineinpasst mit den draufgemalten Dorfszenerien und Brezelgirlanden! Das war nämlich eine Idee von mir, und ich hatte meine liebe Mühe, sie durchzusetzen!

El Muni: Das gerade hatte mich wild gemacht! Wusste zuerst nicht, wo ansetzen, hab dann einfach versucht, eine Brezel nach der anderen herunterzuholen, mal mit Hochhaken, mal mit Aufwärtshaken, sie federten als wieder zurück! Hab schließlich anstatt der Boxhandschuhe es mit im Burgmuseum geklauten Eisenhandschuhen versucht und mit weit ausgeholten *Swings* eine tanzende Folkloregruppe mitten aufgeschlenzt. Doch aus dem Riss quoll sofort Gummilösung und machte die Wand wieder dicht. *Et alors?* Hab mich, müd wie e Hund, an d'Gummiwand gelähnt un... die hat wie einer von dene moderne Coiffeursessel ang'fange, mich sanft ze massiere, vom G'nick bis in d'Kniekehle nunter. *J'te dis*, des isch e Genuss g'sin! Hab dann doch auf diese verflixte Gummiwand gespuckt: Du kaufsch mi nit! Un hab mr g'saat: Do steckt sicher e Elsasser drhinter, du am End?

D'r Glatt: Geraten, *mon vieux*!

El Muni (wütend): Du, dich hau ich zu Brei!

D'r Glatt (lacht): Un do druf trinke mr eins! Was meinsch, Muni?

El Muni: Wenn du bezahlsch, ja!

Die zwei fallen sich in die Arme. Das Publikum klatscht

Beifall. Malva schüttelt den Kopf. Und Franzepp sagt: »Sehen Sie, Freund Professer, so funktioniert das bei uns.«
Kommentar überflüssig.

X
Silvester

Freitag. Bin erst zum Mittagessen aufgestanden. Ich frage Malika: »Wo ist Malva«?

»Sie bespricht etwas mit Franzepp«, antwortet sie.

Auf dem kleinen Parkplatz grüße ich Samir: »Na, ist jemand gekommen?«

»Nein«, sagt er, »jemand geht. Das Gepäck ist schon im Taxi. Die Dame sucht Sie, Monsieur.«

Es ist Dame Charlotte, sie streckt mir beide Hände entgegen: »Ach, da sind Sie ja!«

»Fahren Sie schon weg, Charlotte, wollen Sie denn nicht Silvester mit uns feiern?«

»*Non, je suis invitée à la Cour.* Ich werde unserem Großherzog Bericht über meinen Besuch hier erstatten.«

»Verstehe«, sag ich: »Wie König Lothar um uns herum orkanmäßig tobte, ein hiesiger Waldprediger ihn aber hier mit einem biblischen Windhauch matt setzte!«

Sie lächelt: »Ja, und auch von El Munis Boxkampf gegen die administrative Gummiwand! Da wird der Grand-Duc bei seinem Premier nachfragen, ob dieses Material auch zur Bekleidung unserer offiziellen Wände verwendet wird. Außerdem werde ich die Sprachforscher fragen, ob es auch Munis in Luxemburg gibt?«

Und wir lachen beide aus vollem Hals.

»Spaß beiseite«, sagt sie dann, »ich wäre gern noch geblieben, denn, um wie die Queen zu sprechen: *I was amused.* Aber nicht nur das: Ich mag diese Menschen hier. Sie doch auch, oder? Wenn man mich zu Hause fragt, wo ich denn meinen Kurzurlaub verbracht habe, werde ich antworten: In Utopia. *Adieu donc, cher ami!*«

Sie steigt ein, springt wieder heraus: »Ich bin Ihnen ein Abschiedsküsschen schuldig, *un bisou*, wegen dem Lothar-Jux, ja?«

»Ja, Charlotte.«

»Sie hatte Tränen in den Augen, ich auch«, sagt Malva.»
Kommst du mit zur Kindtaufe?«
Seit gestern duzen wir uns. Ja, was war da schon gestern?
Wir genossen die Aussicht auf die weißgepuderte Ebene,
wir wurden elegisch und dann, plötzlich, lag sie in meinen
Armen ... Und ich wollte doch ein neutraler Beobachter
sein! Ich bin ganz verwirrt.

Das Kirchlein ist bis auf den letzten Platz besetzt. Der Tauf-
pate Franzepp spricht:»Freunde, wir schließen mit dieser
Taufe zugleich ein Jahrtausend ab und öffnen uns auf das
nächste.«
Und die Taufpatin Malva spricht:»Dieses Kind ist aus der
Liebe geboren und weist uns den Weg in die Vielfalt des
Lebens.«
Jetzt erinnere ich mich, dass der Pastor einige Jahre in Ma-
dagaskar verbrachte: Die junge Mutter scheint eine mada-
gassische Mulattin zu sein.
Der»Frater catholicus« zelebriert und es wird in allen drei
Sprachen der Gemeinschaft gesungen. Wie hatte er mir doch
gesagt:»Wir haben hier einen der seltenen elsässischen Lan-
deplätze für den Geist der Pfingsten ...«

Das von Malika vorbereitete Festmahl ist üppig. Ich erfahre, dass nicht nur Kindtaufe gefeiert wird, sondern dass
dies auch das letzte Treffen der Kur- oder Kursteilnehmer
ist. Die Stimmung ist gedämpft. Ich höre sowieso nur halb-
wegs zu, bis Malvas Stimme zu mir dringt:
»Seid nicht wie diese Bäume, die ihr Wurzelgeflecht in
den Bach hineintreiben, den Schwemmsand zurückhaltend
und ihn zu einer Sandbank aufbauend, so dass das ge-
staute Wasser sich einen anderen Weg suchen muss. Stoßt
Pfahlwurzeln in den Boden bis zum befruchtenden Grund-

wasser und freut euch an der Musik des vorbeirauschen-
den Bachs.«

Oh Malva, sag ich mir, wer hier wird dich verstehen?

XI
Der Abschied

In meinem »Logbuch« steht: Silvesterabend, 22 Uhr. Wünsche allen einen guten Rutsch ins Neue. Teile Küsschen aus. Geh aufs Zimmer. Unter mir das Gemurmel der Gäste. Gegen Mitternacht Aufbruch der Gesellschaft: Wie vorgesehen, Laternenumzug zur Schönen Aussicht. Dann das Geknatter und Zischen und Donnern aus der Ebene. Schließe das Fenster.

Unter mir nun leise Klaviermusik. Malva hat Chopin aufgelegt. *Nocturne N° 2.* Polnische Wehmut und französische Grazie.

Samstag, Neujahr 2000. Ich hatte das Frühstück verschlafen und schaute zum Fenster hinaus: Ein langer Bus fuhr eben in die Kurve. Es war kein Mensch mehr auf der Straße zu sehen. Sie waren also alle weggefahren.

In der Gaststube saßen Malva und Franzepp, über Papiere gebeugt.

»Ich dank dir, Malva«, sprach ich, »für Chopins Nocturne.«

»Ich hörte dich das Fenster zuschlagen«, sprach sie. »Du wirst hungrig sein, gell? Es gibt zu Mittag Omelette forestière, wie an unserem ersten Tag.«

»Was habt ihr nun vor?«

»Vorerst machen wir Pause«, antwortete Franzepp, »bis Februar, dann sehen wir, ob sich ein neuer Jahreskurs organisieren lässt. Vielleicht sehen wir dich dann wieder?«

»Ich glaubte, der karpatische Bär träumt von Sibirien?«

Er lachte: »Sibirien ist überall, in den Seelen wie in den Gehirnen!«

Ich fragte: »Glaubt ihr wirklich, dass eure Gäste, sind sie einmal ins wirkliche Leben zurückgekehrt, etwas von dem, was sie hier erfahren haben, weitertragen werden?«

»Und wenn es nur eine oder einer sein wird«, sprach Malva, »so wird es sich gelohnt haben.«

Nach dem Essen standen wir auf der Hoteltreppe. Malika hatte mein Gepäck heruntergebracht. Da kam schon um die Kurve Samir – Taxi & Livraisons.
Meine Hände hielten lange Malvas Hände. Dann küssten wir uns.
Da räusperte sich der Bär, legte seine Pranken auf meine Schultern, drehte mich um und drückte mich an seine Brust:
»Fahr jetzt!«

Im Taxi griff ich in meine Manteltasche, zog einen Briefumschlag heraus … und steckte ihn wieder ein …
Ich lächelte: Hab ich nicht in meinem Zimmer einen ovalen, marmorierten und glattgeschliffenen Kieselstein zurückgelassen? Ich hatte ihn auf dieser letzten Wanderung gefunden … Amulett oder steinzeitliches Artefakt für die Vitrine? Sie mag entscheiden.
Samir schob eine CD ins Autoradio. »Hat mir Malva gegeben«, sagt er, »für die Talfahrt. Wollen Sie leise oder laut?«
»Leise, Samir.«
Es war die Nocturne.

Wir kamen auf dem Parkplatz an. Das wäre nun der definitive Abschied, Professer…
»Sagen Sie ihr, sagen Sie ihnen, Samir… Nein, sagen Sie nichts. Sie wissen.«
Und Samir sprach: »Ich meine, Monsieur, wenns auf der Welt mehr Menschen gäbe, die *un chouia maboul* sind so wie die Leute vom Dörfel, wär das Leben interessanter … und gesünder.«
Ich klopfte dem guten Mann auf die Schulter und gab ihm ein anständiges Trinkgeld.

XII
Der Brief

Du Lieber, *Liawer*, ich kenne Deinen Namen nicht, ich weiß überhaupt nicht, wer und was Du bist. Ich will es auch nicht wissen. So nenn ich Dich: *Liawer, Très Cher.*

Als Du kamst, fragte ich mich: Was und wer schickt ihn zu uns? Ich lachte zuerst: Der sucht sicher nach einem verlorenen Stamm Israels!

Aber so verloren waren wir nun nicht. Nur standen wir an der Schwelle zur Zeitenwende und fragten uns, wie es weitergehen werde.

Erinnere Dich: Es war an jenem El Muni-Abend. Wir saßen, Dame Charlotte, Franzepp und wir beide, bei einer letzten Flasche Elsässer Tokayer. Der wird jetzt definitiv in Pinot gris umgetauft, sagte Franzepp, die Ungarn verlangen es so. Die haben die Weingrenze zu Mitteleuropa dichtgemacht.

Und Dame Charlotte fügte hinzu: Alle wollen sie nach Europa, sperren sich aber national ein. Nur wir Luxemburger halten die Türen offen zum Hinaus und Herein.

Die mitteleuropäische Meerrettichgrenze aber liegt auf dem Vogesenkamm, sagtest Du dann.

Und der Franzepp sprach gelassen: Die verlegen wir Elsässer weiter in den Westen, bis tief in die Bretagne hinein. Paris aber wird ausgeklammert!

Erinnere Dich: Wir schalteten den Spott aus und wurden etwas wehmütig, sprachen von unserer eigenen und der allgemein menschlichen Wankelmütigkeit. Franzepp wurde sogar poetisch, war es wieder frei nach Kohélet? Und er sprach:

Im Gefängnis des Winters / hoffst du auf die Sonne
Im Gefängnis des Sommers / träumst du vom Schnee
Dame Charlotte übersetzte ins Französische:

Rêver le soleil / dans la geôle d'hiver
Rêver la neige / dans la geôle d'été
Und ich übersetzte in meine wiedergefundene Sprache:
Marzyć o słońcu / w lochach zimy
Marzyć o śniegu / w lochach lata
Du schautest mich verwundert an.

Erinnere Dich an unseren langen Spaziergang am Tag darauf. Es war Schnee gefallen. Wir standen am Ausblick in die Ebene. Du sprachst:
Schau, die weißgefrorene Fläche liegt hingestreckt wie eine blutlose Hand.
Regarde, la plaine gelée, la plaine blanche est tendue comme une main exsangue.
Und ich übersetzte:
Równina zamarznięta pobielona, równina sztywna, jak bezkrwista ręka.

Da hast Du mich zum ersten Mal geduzt. Ich erfasste Deine Hand und sagte: Ja, aber siehst du das Dreieck von Lebens- und Liebeslinie? Und dort, sprachst Du, hängt am verlorenen Baum rotbackig die Frucht, wie ein Herz am Stiel. Nimm sie und brich sie auf: Im Kernhaus die Saat für morgen.
Und dann plötzlich nahmst Du mich in Deine Arme...

Wir werden uns nie mehr wiedersehen, *Liawer, Très Cher.* Aber ich weiß, Du wirst an mich denken, so wie ich an Dich, wenn im Spätsommer die Malven blühen. Ich umarme Dich.
Malva

Übersetzung ins Polnische: Kazimierz Brakoniecki

Sintenge Jak / Zigeunerfeuer

I
Der Grabstein

Es begann an einem rauen Märztag. Wolkenklumpen verschluckten die Sonne und spuckten sie wieder aus. Unten fegte der Nordwestwind stoßweise durch die leeren Gassen der kleinen Ortschaft.

Ich stoppte den Wagen in einer Sackgasse. Ich hatte mich einmal mehr verfahren. Zerstreuter Professer!, schalt ich mich. Da schlüpfte ein Weiblein aus dem Nebentor eines Gehöfts, sah mich an ... und kicherte: »*Bonjour Monsieur!*«

»Wo bin ich denn eigentlich, Madame?«, fragte ich sie auf Französisch.

»Wo wollten Sie denn hin?« – Sie kicherte immer noch.

»Ich wollte nach Zornwiller, dort sollen sehr alte Grabsteine zu sehen sein. Ich bin nämlich Historiker.«

»Aber da brauchen Sie doch nicht nach Zornwiller«, sagte sie. »Ich will Ihnen einen zeigen, der zwar nicht alt ist, aber eine interessante Geschichte hat.«

Sie schaute aufs Nummernschild meines Wagens, nickte mir zu, ging von ihrem etwas holprigen Französisch in elsässisch gefärbtes Deutsch über: »Kommt Ihr mit, ja? Da nehmt mir den Korb ab, wenns beliebt.«

Im Korb lagen ein Rebmesser, ein kurzstieliger Jäter, eine Handerdschaufel und Saattüten.

Sie band sich das Kopftuch fest, das ein Windstoß aufgebläht hatte und schritt munter drauf los. Ich folgte ihr kopfschüttelnd.

Wir stehen nun vor einem ganz mit Efeu zugewachsenen Grabstein.

»Das wollt ich Euch zeigen, Professer«, sagt sie mit gedämpfter Stimme.

Mit der Rebschere befreit sie die Inschrift: *Theress Wiss.*

»Da steht aber kein Datum«, sag ich. »Und der Vorname kommt mir weder französisch noch deutsch vor!«

»Der Ziginer-Nikl, ihr Mann, will es so«, antwortet sie. »Erst wenn er mal bei ihr liegt, soll der Manl, ihr Bub, das letzte Datum eingravieren, seins, sagt er, das soll für sie beide gelten. Das war vor drei Jahren ...«

Ich hatte einiges über die elsässischen Zigeuner gelesen, auch wie sie mit Tod und Bestattung umgehen, ein solches Verhalten aber kam mir verwunderlich vor. Dieser Ziginer-Nikl muss ein rätselhafter Mensch sein. Tut sich da plötzlich eine Spur auf, fragte ich mich, die sofort aufgenommen werden wollte? Oder bin ich nicht schon in der Geschichte drin, kann ich ihr nicht mehr ausweichen?

Ich wollte eigentlich wie gesagt nach Zornwiller, blieb unterwegs in einer Sackgasse gefangen, wurde von einem freundlichen Weiblein auf diesen kleinen Kirchhof entführt. Wo bin ich denn eigentlich, wollte ich sie fragen, doch sie war verschwunden. Auf dem Weg durch die Gräberreihe erblickte ich sie, über ein Grab gebückt, mit Jäter und Handschaufel emsig umgehend.

»Na«, fragte sie, »da han Ihr aber lang mit der Theress g'sproche. Die war froh, wenn man mit ihr babbelte, was nicht oft passierte. Wenn Ihr mehr über sie erfahren wollt, kommt doch bei mir in Zette, pardon: Zettheim vorbei. Heut hab ich keine Zeit, denn für morgen isch Regen ang'sagt. Ihr werdet mein Haus schon finden. Wenn nicht, fragt einfach nach Waners Leen.«

Sie lächelt mich warmherzig an und bückt sich wieder übers Grab.

Ich fuhr nachdenklich in die Stadt zurück. Ja, das wärs, sagte ich mir.

Die Wolkenklumpen hatten die Sonne endgültig verschluckt. Erste Regentropfen perlten auf der Windschutzscheibe.

II
Theress

Acht Tage später. Zwischen zwei Hügeln versteckt, entde-
cke ich die Häuseransammlung, von der mir das Ortsschild
sagt, dass ich in Zettheim sei. Ich finde sofort die Sackgasse,
die hier *Rue de l'Impasse* heißt, was übersetzt Sackgassen-
gasse ergäbe. Ich muss lächeln: Typisch elsässisch, halt!
Und ich freue mich auf Waners Leen, die offiziell Madeleine
Wagner heißt, wie es auf dem Türschild steht.

»Ihr kommt wegen der Theress«, sagt sie und bietet Melis-
sentee und Gesundheitskuchen an.
   »Erzählen Sie mir alles, Madame Wagner.«
   »Auf Hochdeutsch geht's nit gut. Uf Frànzeesch goor nit.
Verstehn Ehr àwer öönser Kocherschbarjer Elsassisch?«
   »Ich denke: ja«, antworte ich und lege mein Diktaphon
auf den Tisch. »Darf ich? Ich möchte zu Hause nochmal
beides genießen: Ihre Sprache und die Geschichte der Theress.«
   (Das Kochersberger Elsässisch ist ein erdiger Landdialekt
mit eigentümlicher Musikalität und bedächtiger Sprechweise. Die Aufnahme wird hier selbstredend in Schrift-
deutsch übertragen.)

»Die Geschichte mit der Theress ist eigentlich kurz«, sagt
sie. »Sie war nicht wie die anderen Zigeunerinnen der Großfamilie, die sich vor Jahren am Waldrand niedergelassen
hatte, die konnten selbstbewusst auftreten. Ja, die Theress
war ganz anders, eher scheu, mit fragendem, nachdenk-
lichem Blick. Sie ist meine heimliche Prinzessin, sagte der
Nikl immer wieder. Sie unterhielt sich gern mit mir, setzte
sich auf die Staffel und babbelte in gebrochenem Elsässisch
drauf los ...
   Dann hat man die Großfamilie aus dem Dorf geschasst.

Nur sie beide durften bleiben, da der Nikl beim Sägemüller schaffte. Das hat er aber nicht lange ausgehalten, dann hat er hie und da bei den Bauern in Zornwiller ausgeholfen und sie musste betteln gehen.

Ich seh sie noch, wie sie ihr Wägelchen zieht, an die Türen klopft, und sagt: Alte Kleid, Lumpen, alles was nit braucht ... Ich hab ihr immer was zu essen gegeben und ein bissel Geld. Das ist ein Zeitlang so gegangen, in Zette und den Nachbardörfern.

Dann sinds die Leut müd geworden, haben nit geöffnet, oder gerufen: Nix, nix! Sie hat aber trotzdem weiter an die Türen geklopft: *S'il vous plaît*, wenns beliebt! Da ists geschehen, dass man sie fortjagte: Weg mit dir, Ziginerhex, dreckige! Geh schaffe anstatt bettle! Ja, das war nit schön. Die Theress ging aber jedsmal nach dem Betteln in die Kirch und gab was in den Opferstock.

Das hab ich dem Pfarrer gesagt. Und am Sonntag im Hochamt hat er auf Französisch das Evangelium von der armen Witwe gelesen, die das Wenige, das sie hatte, im Tempel opferte. Dann kam die Predigt auf Elsässisch, kurz und bündig: Es ist in einem Dorf passiert, nicht weit von hier, ich sag nicht wo. Da hat man eine arme Bettlerin von der Tür geschasst und ihr nachgerufen: Scher dich weg, du alte Hex! Das tut man doch nicht, gelle! Zuerst duzt man sie nicht, man sagt Madame zu ihr. Und diese Madame hat einen Namen, Ma'm Katrin, zum Beispiel. Dann fragt man, wie es ihr geht, was sie denn braucht. Hat man was zum Geben, gibt man's. Hat man nichts, sagt man: Pardon, i hob hit nix, güeti Fräu. So macht ihr's doch in Zette, nicht wie jene dort, gelle? Amen.«

Wir prusten beide vor Lachen.

»Das war vor drei Jahren«, sagt sie dann. »Kurz darauf starb sie. Das Herz ... Und der Nikl? Er hat sich nachher selten sehen lassen, met sim *Schleabe em Harz*, nicht mal auf dem Kirchhof.«

Sie wischt sich eine Träne von der Wange. Wir nicken uns nachdenklich zu ...

III
Türkisch

Die romanische Kirche sitzt auf der leichten Anhöhe wie eine Gluckhenne, die Küken um sich geschart. Drinnen die dichte Stille der angestauten Jahrhunderte.

Neben dem Seiteneingang fällt mir ein Bild auf, eine etwas naive Federzeichnung: Im Vordergrund, die Hälfte der Bildhöhe einnehmend, die Muttergottes, hinter ihr auf einem Felsen die Umrisse eines Kirchturms und zu ihren Füßen ein Geige spielender Zigeuner.

»Dusenbach«, sagt eine Stimme hinter mir, »ist ein von den Zigeunern gern besuchter Wallfahrtsort in den mittleren Vogesen. Lesen Sie, was drunter steht: *Hajligi Maria*. Die Sinti-Zigeuner haben das elsässische Wort *heiligi* in ihre Sprache aufgenommen. Die krakelige Handschrift soll die der Theress sein. Dieser Name ist Ihnen ja bekannt, gelle?«

Ich drehe mich um: Der ältere Herr sieht mich mit einem verschmitzten Lächeln an.

»Mein Name ist Becker. Und Beckers sind mit Wagners eng befreundet ... Wollen wir uns nicht ein bisschen hinsetzen? Die Orgel kann warten.«

»Sind Sie hier der Organist?«

»Nein, ich helfe dann und wann aus, seit ich in Pension bin. Ich hatte jahrelang im Sägewerk eine leitende Stellung inne, Personalabteilung.«

»Sie haben also den Ziginer-Nikl gekannt?«

»Und ob! Er hat's aber nur ein paar Jahre bei uns ausgehalten. Es fehlte ihm die Freiheit, verstehen Sie, das Nichtgebundensein. Und da war diese Sache mit den Türken. Das Unternehmen beschäftigt nämlich seit über vierzig Jahren türkische Arbeiter, zuverlässige, schaffige Burschen. Die erste Generation lernte schnell Elsässerditsch, die zweite aber schaltete verständlicherweise auf Französisch um, denn ohne Französischkenntnisse kommt man hier nicht weiter. Unser Ziginer-Nikl aber spricht nur Elsässisch, das er gut beherrscht. So wurde also auf dem Schnittholzplatz die Zusammenarbeit mit den Türken immer schwieriger, sodass dem Vorabeiter Ömer eines Tages die Nerven durchgingen. Er brüllte ihn an: *On est en France, ici, alors tu parles français ou tu fous le camp!* (Wir sind hier in Frankreich! Also sprich Französisch oder hau ab!)

Der arme Kerl wollte sich zuerst aufbäumen, dann drehte er sich aber um … ging aufs Büro, ließ sich auszahlen, setzte sich aufs Rad und fuhr weg.

Und die Elsässer? Es hat sich keiner gemuckst, was ging sie der faule Zigeuner an.

Als ich von der Sache erfuhr, hab ich mir die Burschen vorgenommen: Wisst ihr, dass die Zigeuner vor mehr als vier Jahrhunderten von Indien her ins Elsass gekommen sind, ihr aber erst vor dreißig Jahren? Dass sie eine der ältesten Sprachen der Welt sprechen? Dass sie ein Volk sind, das niemals Krieg geführt hat und immer wieder verfolgt wurde, am Schlimmsten von den Nazis, die Tausende von ihnen vergasten, auch Familienangehörige eures Arbeitskollegen? Und was sprecht denn ihr unter euch auf dem Arbeitsplatz? Türkisch!

Sie gingen mit hängenden Schultern aus dem Büro … Und als Jahre später die Theress beerdigt wurde, legte Ömer im Namen der Belegschaft am Grab einen Kranz nieder.

Und der Nikl? Ich hab ihn dann in seiner Baracke besucht, und, lachen Sie nicht, er war sichtlich froh, wieder ein freier Zigeuner zu sein!«

»Und wo ist er jetzt? Wo könnte ich ihn treffen?«

»Ich hab seit langem nichts mehr von ihm gehört. Nach dem Tod seiner Frau hat er sich fast nicht mehr sehen lassen. Fragen Sie doch im Wirtshaus nach. Dort war er Stammgast.«

Dann steigt Herr Becker die Treppe hoch zur Orgel und

ruft herunter: »Luigi Mengoni, Finale der Variationen zu *Auld Lang Syne*: Allegro molto, Andante.«

Ich schaue sinnend zum Dusenbach-Bild hinüber und mir ist's, als hörte ich die Geige des Zigeuners mitklingen.

IV
Gauloiss filterohne

Ich bin der einzige Gast in der behaglichen Wirtsstube.

»Ihren Wagen seh ich nun zum dritten Mal, und jedesmal an einem Montag«, sagt die stattliche Wirtin. »Sind Sie geschäftlich hier? Pardon, ich bin vielleicht zu neugierig, oder?«

Ich lache: »Nein, Madame, ich bin es, der zu neugierig ist! Ich interessiere mich nämlich für Dorfgeschichten.«

»Aha, ein Professer«, sagt sie und bringt mir das bestellte Mineralwasser. »Und solche Geschichten hoffen Sie auch bei mir zu finden? Wissen Sie, ein Wirt hört vieles, was aber in sein Ohr dringt, bleibt drin verschlossen!«

»Auch wenn es sich um Zigeuner handelt? Um den Ziginer-Nikl, zum Beispiel?«

»Ach so, ich verstehe: Man hat Sie mit Waners Leen vor dem Grab der Theress gesehen, gelle? Und dann mit Monsieur Becker von der Sägemühle.«

»Stimmt, Madame!«

Sie lacht: »Dann haben Sie mein Ohr geöffnet!«

Sie setzt sich an den Tisch: »So, wir haben Zeit, Gäste kommen erst auf den Abend.

Als wir hier das Geschäft übernahmen«, erzählt sie, »kampierte eine Gruppe von Zigeunern am Waldrand. Sie sammelten Alteisen, verkauften Körbe, na ja, Sie wissen ja, wie sie leben, und wovon sie leben.

Zu mir kamen sie, um Zigaretten zu kaufen, und zwar nur die Gauloises. Ma'm Carlin, Gauloiss filterohne, sagten sie. Ich korrigierte jedes Mal: Das heißt nicht filterohne sondern: ohne Filter! Das war aber umsonst!

Und wenn sie etwas feierten, Kindtaufe zum Beispiel, was oft vorkam, mieteten sie den kleinen Saal, hinten. Da war was los, mit Musik und Tanz! Die Frauen kokettierten in ihren farbigen Röcken und tanzen konnten die wie der Lumpen am Stecken!

Nein, Probleme hatte ich keine mit ihnen, sie waren stets korrekt, auch die Kinder, denen ich oft Bonbons schenkte. Es tat mir leid, als sie fort mussten. Aber das ist eine andere Geschichte, die mich nichts angeht.

Trinken Sie ein Glas Bier mit mir? Mit einer frischen Brezel, ja? Und dann zeige ich Ihnen ein Foto.«

Wir stoßen an. Dann legt sie das Foto auf den Tisch:

»Das wurde während der Abschiedsfeier aufgenommen. Der Mann am Tischende, das ist der, den Sie suchen: der Nikl.«

»Der mit den feingeschnittenen mattbraunen Zügen und diesem groß offenen Blick?«

»Ja, der. Da saß er immer, nachmittags, hier an unserem Tisch. Ich brachte ihm ein Fläschchen Bier und die Packung Gauloiss filterohne, die ich für ihn verwahrte, denn er rauchte nur hier.

Lange schwieg er, war immer wie abwesend, bis ich fragte: Was gibt's Neues, Nikl? Dann nickte er und sprach von seiner Theress, die nur lächeln konnte, wenn er sie lange ansah.

Sie hatten von vier Kindern die drei ersten verloren. Nur der jüngste überlebte, der Manl, der sie früh verlassen hat und seitdem eine Dummheit nach der anderen macht.

Und um vier Uhr sagte er: Gib mir eine Brezel für die Theress, Ma'm Carlin. Und ging.

Ja, der Nikl und die Theress ... dieses Paar hat nirgendwo hingepasst, nicht in die lärmende, vitale Großfamilie, nicht in unsere Welt, die der *Gadchi*, wie sie uns in ihrer Sprache nennen.

Die Wanduhr tickt laut in unser Schweigen hinein.«

Schließlich sagt sie: »Wenn Sie ihn unbedingt finden wollen, fragen Sie beim Lothringer nach, in Zornwiller, das erste Haus mit dem großen Garten am Ortseingang von hier aus.«

V

Im »Vogelgesang«

Der »Lothringer«, der eigentlich Eich heißt, war nicht zu Hause. »*Absent pour un certain temps* / Abwesend für eine gewisse Zeit«, stand auf dem Zettel am Briefkasten. Ich kehrte um und stellte den Wagen am Wald ab, der Zornwiller von Zettheim trennt und den Flurnamen »Vogelgesang« trägt. Ein Spaziergang und mit den Vögeln um die Wette pfeifen: Das bietet sich nun von selbst an, sagte ich mir, da bist du nicht umsonst hergefahren, Professer.

»Sie pfeifen aber falsch!«

Die Stimme, die mich auf dem Pfad unterbrach, erkannte ich sofort.

»Welch ein Zufall, Monsieur Becker! Sie auch hier?«

»Manchmal werden sie gesteuert, die Zufälle«, antwortete er. »Diesen verdanken wir dem abwesenden Lothringer. Da wollten Sie doch hin, oder?«

Ich sah ihn verwundert an.

»Diesen Zufall haben wir der Caroline zu verdanken, Monsieur le Professeur.«

»Ach so? Werde ich denn beschattet?«

Er lachte: »Aber nein! Wir helfen Ihnen bei der Spurensuche, falls Sie damit einverstanden sind. Darf ich nun wissen, worüber Sie beim Pfeifen nachdachten, denn da tauchen einem oft Gedanken auf, die sich wie auf einer Warteschleife befinden. Bei mir ist's nun mal so!«

Ich dachte zuerst, der verulkt mich! Sein offenes, freundliches Lächeln sagte aber: nein. Ich hatte effektiv über etwas nachgedacht, das mich seit langem beschäftigte, ich schoß also los:

»Ja. Seit ich ins Land komme, wundere ich mich immer wieder über das spontane Gleiten von Elsässisch in Französisch und sogar manchmal in ein alemannisch oder fränkisch verwässertes Hochdeutsch. Pardon, Ihr Deutsch allerdings ist gepflegt und ich mag Ihre etwas raue Aussprache. Kommen wir nun zum Funktionieren dieser Spontaneität zurück, die man als die Vorstufe einer sprachlichen Metamorphose erklären darf, das heißt Verlust der Originalsprache, der Doppelkultur, eine ungewisse Zukunft also. Sie denken sicher auch so und ich kann mir Ihre Erbitterung vorstellen.«

Was hatte ich da nicht gesagt! Er blieb stehen. Seine Stimme klang ätzend kalt:

»Oho, Freund! Als fremder Gast darf man sich an der Vielfalt der einheimischen Sprechmusik erfreuen, in die man meinetwegen auch mein raues Hochdeutsch integrieren kann. Ich dulde aber nicht, dass man mir mit erdachten Vermutungen kommt! Und, sowieso, unsere Zukunft in unseren Handlinien lesen wollen, das unterlasse man gefälligst, denn das können Zigeunerinnen besser als Professer! *Un point, c'est tout!* Punktum.«

Au au! Ich steckte die verdiente Rüge ein ... Da hörte ich es einen Schritt hinter mir pfeifen.

»Das war eine Meise«, sagte Becker. »Ich kann Ihnen auch eine Lerche herlocken.«

Er klopfte mir lachend auf die Schulter: »Nix für ungut!«

So sind sie halt, die Elsässer, sagte ich mir.

»Warum suchen Sie nach diesem Zigeuner, Freund Professer? War das vielleicht auch ein von wem auch immer gesteuerter Zufall?«

»Das Grab der Theress«, antwortete ich.

»Ich verstehe«, sagte er. »Verzeihen Sie mir meinen Ausbruch von vorhin?«

»Sie hatten recht, Monsieur Becker. Der Auftrag, den ich mir selber gab, verlangt von mir nur, neutraler Zeuge zu sein.«

Da hörten wir eine Amsel singen.

»Sonderbar«, sagte Becker, »die locken doch normalerweise nur am Abend ...«

VI
Die Kettenreaktion

»Sie interessieren sich für Lokalgeschichten, Monsieur le Professeur, und besonders für das Geschehen in den siebziger Jahren? Hier ist der betreffende Ordner. Mein Vorgänger war sehr gründlich, der hat alles archiviert, was das Dorfleben anbelangt. Sie werden sicher Ihren Spaß dabei haben, denn damals ging's hier vif zu! Wenn Sie Kopien brauchen: der Drucker steht zu Ihrer Verfügung.«

Das Lächeln des Mairiesekretärs ist zweideutig: Ist es unbefangen oder komplizenhaft?

Ich schlage schnell um, das Sitzungsblabla interessiert mich nicht. Da stoße ich unversehens auf ein anonymes Flugblatt zur kommenden Gemeinderatswahl, in Französisch, die benutzten Spottnamen sowie der Schlusssatz sind in Elsässerdeutsch. Auszug:

»Stellen wir die zwei Spitzenkanditaten vor: Der Dings ist ein Schlitzohr, der Bums ein Trotzkopf. Der Dings betreibt die Vetterleswirtschaft, der Bums ist ordnungsbesessen. Der Dings ist eine Stimmungskanone, der Bums ein Nörgler. Der Dings ist ein Einheimischer, der Bums ein Hergelaufener. Deshalb ist der Dings Maire und der Bums ist nix. Drum sollte man eigentlich seine Stimme einem Duo Dingsbums geben dürfen und so den einen den Mist bauen lassen, den der andere dann aus dem Stall schafft. Gez.: Anonymus.«

»Das ist nur das Vorwort«, sagt der Greffier, der mir über die Achsel aufs Blatt schaut. Ich blättere weiter. »C'est ça, das ist's«, sagt er, nach der Wahl nun: das zweite anonyme Flugblatt, diesmal kurz gefasst:

»S Neuschte üs Zette: Der Bums hat seinen am Waldrand

gelegenen unfruchtbaren Acker für ›e Böhnel un e Klötzel‹ an eine in Dorfnähe zigeunernde Manuschfamilie verkauft. Die hat nun in Zette Bürgerrecht und kann nicht mehr wegen Vagabundierens belangt werden. Der Maire rast. Sein geschlagener Kontrahent reibt sich den Bauch. Dem Anonymus ists wurscht.«

»Letzter Akt, diesmal ein Zeitungsartikel«, sagt der Greffier und blättert um:
   »*La paix enfin à Zettheim?* (Kehrt nun wieder Friede ein in Zettheim?)
   Zwei Jahre lang dauerte das raue Tauziehen zwischen dem Gemeinderat und der Nomadengruppe. Zuerst wurden Strom- und Wasseranschluss wegen der zu großen Entfernung zum Dorf verweigert. Man warf ihnen dann allerhand wahre und erfundene Delikte vor, wie Wilderei, Hühnerdiebstahl, aufdringliche Bettelei, Kinderunfug und so weiter. Man schaltete auch die Gesundheitsbehörde ein, da die sanitären Einrichtungen fehlten. Doch die Gruppe hielt hartnäckig stand, bis eines Nachts eine Brandfackel ins Lager geworfen wurde. Der Täter konnte von den Gendarmen nicht ausgemacht werden. Da beschloss die verängstigte Gruppe sich wieder auf die Wanderschaft zu begeben. Nur ein Ehepaar blieb freiwillig zurück, dem sie das kollektive Eigentum anvertraute ...«

Der Greffier schaut mich freundlich an: »Haben Sie gefunden, was Sie suchen, ja? Sowas nennt man eine Kettenreaktion«, fügt er hinzu, zieht die drei Dokumente aus dem Ordner, druckt sie aus und reicht mir die Kopien.
   »Und was sagen Sie zu der Sache, Greffier?«
   »Ich? Ich registriere, wie mein Vorgänger, so dass nix verlorengeht.«
   Ich verabschiede mich. Er hält mir die Tür. Dann sagt er: »Schade dass Sie den Ziginer-Nikl nicht gekannt haben.

Ein seltener Mensch. Wenn man ihm eine dumme oder eine böse Frage stellte, lächelte er, schaute nach oben ... und schwieg. Wo er jetzt nur sein mag?«

VII
Colchica

»Ich erinnere mich an das alles, Professer, und schäme mich
heute noch, wie auch der Becker, die Caroline und einige
andere, dass wir uns damals nicht gegen diese Schande em-
pört haben ... Kaninchen stricklen, im Bach Fische krautschen, auf einem Gemüseacker ein paar Krautköpfe mit-
gehen lassen, dass Kinder im Kirschbaum herumturnen und
sich den Bauch vollschlagen – Maddamm, das wächst doch
in der Natur, sagten sie mir mal! Ich lachte: Aber brecht mir
die Äste nicht ab, ihr Bengel! – Und Hühnerdiebstahl? Nur
freilaufende, bekannte einer von ihnen, die Hühner sperrt
man ein, Maddamm! –: Sagt, Professer, verdiente das eine
böse Hetze gegen diese Leute?«

Wir sitzen in Wagners Laube und trinken einen Kräutertee. »Das ist eine Mischung von Kamille, Schafgarbe und
Lavendel«, sagt die Leen dann. »Das soll ein Gedächtnistee
sein, meinte die Theress. Aber Ehrenpreis, Thymian und
Rosmarin fehlen leider. Deshalb fällt einem immer wieder
etwas aus der Erinnerung.«

Sie lacht. Auch die Sonne lacht warm, heute, am frisch-
gewaschenen Himmel und eine Brise geht leichtfüßig durch
das frische Grün des Gartens.

»So haben Sie, liebe Leen, letztes Mal als sie mir von der
Theress erzählten, sicher Wichtiges vergessen, deshalb haben Sie mich ja hierher gebeten, nicht?«

»Ja«, sagt sie. »Die Theress kannte sich in Heilkräutern
und Salbenmischungen aus. Da hatte sie doch einen alten,
etwas schwachsinnigen Mann aus Zornwiller geheilt, der
an der Fußgicht litt. Und das mit der giftigen Herbstzeitlo-
senwurzel! Der Doktor meinte, das sei nur ein zufälliges vo-
rübergehendes Nachlassen der Schmerzen, die älteren Leute
aber sagten, das sei Hexerei.«

»Und Sie«, frage ich, »was meinten Sie dazu?«

»Mit ihrem Kräutertee war ich einverstanden, aber Herbstzeitlosensalbe? Nein! Wissen Sie, dass man diese Blume hier auch *Fülefüde* nennt? *Füle*, das ist faul auf Deutsch und *füde* ... das trau ich mir nicht zu übersetzen.«

»Da helfe ich Ihnen: Man sagt auch Nacktarsch, dazu käme noch Nackte Jungfer ... Oh, pardon! Aber so steht's nun mal im Wörterbuch!«

Sie droht mir schalkhaft mit dem Finger: »Oh, Professer! Schämt Euch! Die Theress benutzte nur das französische Wort *colchique*, das sie in ihrem Zigeunerkauderwelsch *Colchica* aussprach.«

Nach einer langen Pause und einem tiefen Seufzer fährt sie fort: »Der Feldweg hinter unserem Haus führt zu einer aufgelassenen, verschlammten Kiesgrube. Zu ihr gehört eine große Feuchtwiese, die ganz vom Schilf überwuchert ist. Direkt daneben besitzen wir eine Obstplantage. Damit das Schilf da nicht hinein kann, fährt unser Sohn jährlich im August mit dem Feldhäcksler drüber. Und aus dem nun nackten Boden schießt wie befreit die Herbstzeitlose en masse auf ihren hohen weißen Stängeln hoch. Stellt Euch das Bild vor: zehn Ar in blassem Lila. Eine Pracht!«

Sie schneuzt sich und schweigt eine Weile.

»Dort hat man sie gefunden, die Theress. Der Arzt sagte: Das Herz. Der Nikl faltete die Hände und betete in einem fort: *O Baro Dewel, o Baro Dewel* ... So hatte die Theress oft geseufzt, wenn sie bei mir auf der Treppe saß, das heißt: o Großer Gott. Später erzählte er: Sie lächelte, ich habs gesehen.«

Es scheint uns beiden, dass es plötzlich kühler geworden ist.

VIII
Beim Lothringer

Der große, leutselige Mann mit Bürstenschnitt und Stutz-
bart in meliertem Grau schüttelt meine zwei Hände und
sagt: »Sie sind also der Professer, der nach mir suchte? Nun,
da haben Sie mich gefunden! Mein Name ist Pierre Eich,
vulgo der Lothringer, meine Familie stammt nämlich aus
Forbach, Vater war Schrankenwärter hier.«

Er führt mich zur Veranda, dann entkorkt er eine Flasche
Mosel, und schenkt ein: »Ein Prost auf den Nikl, eigentlich
Dominique, den ich machmal auch Dummernikl schalt.

Wie ich ihn kennen lernte? Es war 1937. Wir waren beide
Erstklässler in Zornwiller, wo seine Familie kampierte. Der
Lehrer hatte uns in die letzte Reihe gesetzt, ihn weil er wil-
denzte und fast kein Französisch verstand, mich, den her-
gelaufenen Lothringer, der es ihm beibringen sollte. Es war
aber er, der mich etwas lehrte, wovon die hiesigen Buben
keine Ahnung hatten: das abenteuerliche Ungebundensein
der Nomaden. Wir wurden zu Freunden, was dem Lehrer
und meinen Eltern nicht gefiel. Dann kamen die Nazis, die
unsere Zigeuner als Asoziale nach Südfrankreich abscho-
ben ...

Wir trafen uns hier nach mehr als einem halben Jahrhundert wieder und erkannten uns sofort. Er fragte mich: Wo
bisch du gewesen, Peetr, all die Zeit? In der Welt draußen,
antwortete ich, wie du, aber doch anders.

Er kam dann manchmal herüber, erzählte seine Geschichte,
brachte auch hie und da seine Theress mit und sie halfen
uns im Garten. Wollen Sie ein paar Gesprächsbrocken hören, die ich noch in der Erinnerung habe?

Tusch du immer noch peexen, Peetr: Kopp, Damp, Pund?
– Ein Lothringer peext sein Leben lang, Nikl. – Lachen sie

dich immer noch aus, die Elsässer, Peetr? – Sie getrauen sich nicht mehr, Nikl, und du kannsch als nonit Franzeesch, gell. – Siehst du, Peetr, dich haben sie adoptiert, mich nit. – Wärsch bei deinen Leuten geblieben, Dummernikl, hättsch eine Heimat. – Ich hab zwei, Peetr, Zette und die Landstraß, aber keine richtig.

Und eines Tages sprach er mich an mit ernster Miene: Ich sollte es dir nicht sagen, tue es aber doch. Meine Großel, die Mara, hat mir, als wir im Süden waren, ein Geheimnis verraten: Da soll eine Zigeunerprinzessin wegen einer verstohlenen Liebe ein blondes Bubbele vor Lothringers Haustür gelegt haben, das Peetrle! Verstehs: ein echter Gadcho tät doch nit in der Schule neben einem Manusch sitzen bleiben und sein Freund werden. Der Peetr muss also einer von uns sein. Er weiß es nicht, aber er trägts in der Seele.

Ich platzte los: Du Dummkopp, da habt ihr mich wohl zur Legende machen wollen!

Seit dem Tod der Theress kommt er regelmäßig jeden Samstag zu uns. Er mag unseren wilden Garten. Schauen Sie hin, Professer: Um das Gemüsebeet herum lassen wir alles wachsen, was der Wind und die Vögel herbringen, da sind Pflanzen und Hecken, deren Namen ich nicht mal kenne. Und Nikl sagte: Peetr, sieh, das sind alles Fremde, die man sonstwo rausreißt, bei dir aber eine neue Heimat finden.

Und vor einem Monat brachte er mir die Nachricht: Du, Peetr, ich geh ins Altenheim. Der neue Maire hats durchgesetzt, sie nehmen mich auf. Weisch, bei den Bauern aushelfen, dazu bin ich zu alt, fürs Korbmachen sind meine Finger zu steif und beim Forellenkrautschen bin ich letzte Woche in den Bach gefallen. Schluss damit! Im Heim lass ich mich dann bibäbelen von den Schwestern! Kommst mich besuchen, gell, Peetr. Bringst mir aber jedsmal eine Gauloiss filterohne mit, gell? Da, ich lass dir die Packung, die Carlin hat sie mir geschenkt.

Als wir gestern zurückkamen, fragte ich nach ihm: Er war verschwunden.«

IX
Aïcha

Er war also verschwunden.

»Typisch Zigeuner«, sagte Monsieur Becker, »man will ihnen helfen, dann blamieren sie einen.«

»Ungebundene soll man nicht bemuttern«, widersprach der Lothringer.

»Er hat Sie sicher um Ihren Rat gefragt, Eich, und welches war Ihre Antwort?«

«Meine Antwort, Becker, war: Tu' was du willst, Nikl, du bist Manns genug. Gefällt's dir dort, ist's gut. Gefällt's dir nicht, geh einen anderen Weg. Ich bin wohl dein Freund, aber nicht dein Fürsorger. Doch brauchst du mich, so bin ich da, du weißt es.«

»Sie waren aber nicht da, Eich.«

»Eben, Becker, ich mache mir aber keine Sorgen um ihn.«

Wir standen vor seinem aufgebockten Wohnwagen. In den Brombeerhecken, die den Halbacker einzäunen, summten die Hummeln.

»Schön aufgeräumt, hat er, der Nikl«, stellte Eich lachend fest, »sogar die Sengnesseln hat er gemäht!«

»Das war unser Sohn, mit dem Häcksler«, verbesserte Wagners Leen.

»Sie haben ihn doch besucht«, fragte Eich, »war er guten oder schlechten Muts?«

»So lala, ich muss mich dran gewöhnen, sagte er. Dann kam seine Betreuerin, eine junge Marokkanerin namens Aïcha, die lachend seinen Arm nahm: *Viens, Tsigan,* komm! Er schaute selig zurück: Ma'm Leen, die Aïcha tut mich gut bibäbelen!«

Haben wir gelacht? Nein, nur geniert gelächelt.

»Da ist was passiert«, meinte Becker, »sonst wäre er geblieben ...«

Das war gestern. Da beschloss ich, mit dieser Aïcha zu sprechen. Wir trafen uns im Park:

»Auf diese Bank setzte er sich jeden Nachmittag. Manchmal kam ich vorbei und fragte: *Ça va, Tsigan?* Und er antwortete: *Toi là, ça va.*«

»Also wenn Sie bei ihm oder in seiner Nähe waren, Aïcha, dann war er zufrieden. Wie unterhielten Sie sich mit ihm, da er doch kaum Französisch versteht?«

»Wir verstanden uns gut, er mit ein paar Brocken Französisch, ich mit ein Bissel Elsässisch. Oft fragte er: Wann kommt Peetr? Wer ist denn dieser Peetr, ein Tsigan?«

»Nein, sie waren vor dem Krieg Schulkameraden, er heißt eigentlich Pierre Eich. Er war lange weg und seit er zurück ist, besuchte Nikl ihn regelmäßig. Hat er nicht jedes Mal, wenn er vom Peetr sprach, die *Gauloiss filterohne* erwähnt? Die Packung hatte Eich für ihn aufbewahrt und gab ihm jeweils eine zum Tee. Das war dann wie ein Ritus für ihn!«

»Aha, so ist's! Ich hab immer lachen müssen, wegen dem *filterohne*!«

»Sagen Sie mir, Aïcha, wissen Sie, warum er so plötzlich mit Sack und Pack verschwunden ist? Hat's da ein Problem gegeben?«

»Nein ... Doch, ja. Er wurde von den anderen Heiminsassen gemieden. Warum? Weil er ein Zigeuner ist, weil er stinkt, sagten sie. Und auch die Chefin tadelte ihn oft: Sie stinken schon wieder nach Hase und Rauch! Der Nikl wehrte sich dann: Ich dusche mich doch jeden Tag, Madame! Sie aber schüttelte ärgerlich den Kopf.«

»Aber Sie, Aïcha, verteidigten Sie ihn nicht?«

»Wie konnte ich das? Als Marokkanerin hat man hier nicht viel zu melden. Ich hab's mal versucht, dann sagte einer: Nehmen Sie doch eine Kratzbürste!«

»Hat er sich deswegen davongemacht, in der Nacht wohl, sodass niemand es merkt?«

»Das kann ich nicht sagen. Das eine und das andere Mal

seufzte er wohl: Ich will heim. Am Feuer sitzen und die Sterne gucken. Und dann, an jenem Morgen, fand ich auf seinem Nachttischchen einen Zettel, drauf hatte er einen Stern gezeichnet und drunter geschrieben: Aïcha.«

X
Manl

Von Manl, dem einzigen überlebenden Kind, ist nie gesprochen worden. Nur Wagners Leen hat ihn einmal kurz erwähnt. Hat man mir da etwas Unschönes verheimlichen wollen? Ich rief den alles registrierenden Greffier an und unterbreitete ihm mein Anliegen. Der Fall, den der Monsieur le Professeur geklärt haben wolle, interessiere auch ihn, sagte er. Er werde ihn bis Samstag bearbeitet haben. Er dürfe aber, da es sich um eine noch lebende Person handle, mir die Auskünfte nicht im Mairiesaal geben. Den Schlaumeier lud ich also zum Mittagessen in einem renommierten Restaurant in der Stadt ein, was er – *avec plaisir!* – akzeptierte.

Im Nobelrestaurant hatte ich ein Separee reservieren lassen. Mein Greffier bestellte ein viergängiges Menü und eine Flasche Bourgogne, ich begnügte mich mit einem Entree. In den Pausen zwischen den Gängen erfuhr ich dann so ungefähr alles, was ich wissen wollte.

Manuel, genannt Manl, Sohn von Thérèse und Dominique Wiss, geboren 1975 in Zettheim. Primärschule ebenda, Collège in Zornwiller, wird zweimal nicht versetzt. Mit 16 Jahren aus der Schule entlassen. Verlässt das Elternheim, begibt sich zu der Großfamilie in der Stadt, die dann weiterzieht nach Südfrankreich. Einige kleine Delikte.

Militärdienst. Meldet sich zu einem Einsatz in Afrika. Wegen Insubordination drei Monate Arrest. Entlassung. Nach Marseille zurück. Mitglied einer Romabande, Gefängnisstrafe wegen wiederholten Materialdiebstahls auf einer Baustelle. Vergreift sich an einem Wärter als ihm die Erlaubnis verweigert wird, sich zum Begräbnis seiner Mutter zu begeben. Haftverlängerung. Entlassung 2003.

Seitdem kein Delikt mehr, also keine Nachricht von ihm. Soll sich in Ostfrankreich aufhalten. Habe gründlich recherchiert bei: Mairie, Schulinspektion und Gendarmerie.

»Merci, lieber Greffier. Der Hergang ist kurz und bündig geschildert. Nur das Warum fehlt.« »Das wird aber nirgendwo archiviert.«
Die Rechnung war gepfeffert, der Bourgogne aber exzellent.

Sonntag, nun, bedeckter Himmel, dann und wann kommt ein leichter Windstoß. Ich fahre hinaus, es treibt mich etwas dorthin. Ich stelle den Wagen am Waldrand ab, höre Gitarrenriffs, sage mir: *Jazz manouche*, kommt von Nikls Caravan. Aha, das ist er, wer denn sonst ...

Der junge Mann, dunkles Kraushaar, hellbrauner Teint, in Lederjacke und Jeanshose, sitzt auf einem Holzblock, daneben ein schwaches Reisigfeuer. Er ist ganz auf seine Riffs konzentriert. Dann, plötzlich, stellt er die Gitarre zwischen seine Beine, schaut auf und mustert mich misstrauisch. »War das von Django Reinhardt?«, frag ich.
»*Non*«, sagt er, »von Manl Wiss. Wer sind Sie eigentlich?«
»Ich bin ein Freund von Peter Eich. Ich hab da viel Gutes über Ihre Eltern erfahren, auch dass Ihr Vater das Altenheim verlassen hat. Ich dachte, ich möchte ...«
»Lassen Sie das, Monsieur, und kümmern Sie sich nicht um uns. Gadchi können sich nicht in einen Manusch hineindenken... (Er schweigt eine Weile, dann:) Über mich haben Sie sicher nichts Gutes erfahren. Wir passen halt nicht in eure Welt. Wir sind wie der Wind, der mal zornig, mal sanft ist, ohne Rechenschaft zu geben. Meine Eltern wussten das und ließen mir die Freiheit.«
Er wirft ein Holzscheit ins Feuer, das in einem Windstoß auflodert.

»*Sintenge pak dchala putegar vri*«, sagt er, »das Zigeunerfeuer geht niemals aus ...«*

Ich nicke ihm zu und gehe. Die Gitarrenriffs folgen mir
bis zum Wagen.

*aus Les Tsiganes en Alsace, Saisons d'Alsace, 1977

XI
Nikls Himmelfahrt

Montag. Ich fahre zu Eich, der mich erstaunt anschaut, als ich ihm die Nachricht überbringe: »Ich hab mit dem Manl gesprochen, gestern, drüben in Zette.«

»Da muss ihn der Mulo Nikl also besucht haben«, sagt er. »Der Mulo ist nämlich bei den Zigeunern das Furcht einflößende Trugbild eines verstorbenen Verwandten. Und ich, Professer, hab gestern diesen Mulo gesehen und sogar mit ihm gesprochen! Verrückt, was? Zum Glück war meine Frau nicht zu Hause.

Ich war hier im Garten und trug altes Reisig zusammen, da hörte ich eine bekannte Stimme: Salü Peetr! Ja, ich bin's, schau nicht so verdattert in d'Welt!

Nikl, wo kommst denn du her?

Er lächelte und zeigte mit dem Finger nach oben: Von dort ganz oben, Peetr!

Also bist du schon im Paradies? Ja wo hast du denn die Flügel?

Lach nicht, Peetr, es ist wirklich so. Soll ich dir's erzählen?

Und es sprudelte aus dem sonst wortkargen Nikl wie im Zeitraffer, sodass ich mich nicht mehr an alles erinnere. Hier das Wesentliche, Originalton Nickl:

Dort oben ischs wie hier unten, nur das Licht isch ganz andersch und man fühlt sich so leicht. Du, ich hab meine Theress wiedergefunden! Sie ist ganz verklärt! Und jetzt wirst du staunen: Sie und die Maria sind unzertrennliche Freundinnen! Die jäschten was herum, sag ich dir! Zuerst laufen sie über die Berge zur Kusine Elisabeth. Ich ruf ihnen nach: Rennt doch nicht so! Theress, du weisch doch, dass sie schwanger isch! Die Theress aber sagt: So steht's in der Bibel! Später muss ich das Bubbele Jesus hüten und wenn es dann erwachsen isch, laufen wir dem Meister nach durchs ganze Judenland, alles zu Fuß! Hätt ich doch meinen alten Caravan da, sag ich, und Waners Schimmel! Die Theress lacht mich dann aus: Das steht nicht in der Bibel, aber du hasch ja die Bibel nit gelesen! Und die Maria und die Theress kaufen auf den Märkten ein, richten das Picknick, waschen die Wäsche im Jordan für die ganze Kompanie ... Abends sitzen wir dann mit den Aposchteln am Feuer, und der Meister liest uns aus der Bibel vor. Dann geschieht leider das Schreckliche in Jerusalem ... Aber Ende gut, alles gut und es fängt die Geschichte wieder von vorne an. Weisch, Peetr, so ischs im Himmel: Man wiederholt immer wieder all das, was glücklich macht ...

Dann tat er einen tiefen Schnaufer. Die für ihn ungewöhnlich lange Rede sowie diese phantastische Vision eines Zigeunerparadieses hatten ihn erschöpft.

Professer, ich sag dir, ich war ganz baff.

Nikl, fragte ich ihn, sag nun, warum bist du wieder zurückgekommen?

Es isch die Theress, die mich geschickt hat: Geh zum Manl, sag ihm, er soll endlich wieder zu einem ordentlichen Manusch werden, sich auch um unser Grab kümmern, und sag ihm noch, das gestohlene Geld, das er uns geschickt hat, hab ich in den Opferstock der Heiligen Maria gesteckt! Aber Theress, sag ich, wenn der Manl mich als Mulo erblickt, haut er ab! Soll er mal!, sagt sie, dann komm ich selber!

So sind sie halt, die Weiber, Peetr! Geh bring mir doch eine Gauloiss filterohne, wie damals.

Sein Gesicht hatte plötzlich einen eigentümlichen Glanz.

Ich ging hinein, suchte überall, fand aber die Packung nicht. Als ich wieder zurückkam, war er verschwunden. Das Reisig knisterte und es stank nach Zigarettenrauch ...

Professer, ich glaub, ein doppelter Kognak tät uns jetzt gut. Komm.«

»Was ist denn mit euch beiden los?«, fragt drinnen Eichs Frau.

Wir grinsen verlegen. Sie schmunzelt.

XII
Der letzte Tag

Man fand den Ziginer-Nikl in einem kleinen Fischweiher in einem nahen Vogesentälchen, seine rechte Hand hielt festumklammert den Kescher, *'s Filosch,* wie man hier sagt.

Velo und Rucksack lagen im Fichtenaufwuchs.

»Ich hab ihn mal hier ertappt«, erzählte mir der Besitzer, »er hatte zwei Forellen im Eimer: Nikl, wenn du einen Fisch brauchst, dann sag's doch! Da hat er geantwortet: Chef, mir isch's lieber so und wenn ich's Dutzend voll hab, stell ich dir einen Korb vor die Tür.«

Ich ging nicht zur Beerdigung. Ich saß lieber am Fischweiher und spulte die ganze Nikl-Geschichte ab. Du hattest ganz andere Werte als ich, als wir, sagte ich halblaut zu ihm. Und er würde vielleicht antworten: Chef, meine Theress meint, da oben werden auch die Gadchi zu Zigeunern, unbekümmert von einer Wolke zur anderen ziehend, in den Sternen um ein Feuer sitzend, und den Gitarren zuhörend, die zum Lob des HERRN aufspielen ...

»Nana, Professer, übst du dich in Mulologie?«

»Ich glaubte dich bei der Beerdigung, Pierre!«

»Ich hab ihm ein Gebinde von meinen fremden Büschen auf den Sarg gelegt und dann die Manusch unter sich gelassen.«

Im nahen Wald hämmerte ein Specht.

»Wir treffen uns heute Abend bei der Caroline, Wagners und Beckers kommen. Und du?«

»Nein, Peter. Ich hab noch einen Besuch zu machen. Grüß mir die Freunde.«

Im Schilfgürtel unterhalb des Weihers sang ein Rohrspatz.

»So sehen wir uns also nie mehr? Schade.«

»Sag den Freunden, ich komme im Lauf des Jahres vielleicht noch einmal vorbei.«

Im Weiher schnappte ein Fisch nach einem Wasserfloh ...

Ich fuhr zurück, der Stadt zu. Unterwegs aber machte ich kehrt. Am Zettheimer Waldrand stellte ich meinen Wagen ab. Ein dünner Rauchstreifen stand zitternd vor dem Wohnwagen.

»Haben Sie ihn gut gekannt?«

»Nein, Manl, oder doch: ja. Man kann einen Menschen kennen, ohne ihn gesehen zu haben: Er hinterlässt Spuren.«

»Und wie sind die Spuren meines Vaters?«

»Wie eine heimliche Musik, ein Mix von Nonchalance, Sanftheit und Melancholie.«

Er nahm die Gitarre und begann zu improvisieren.

»Soul?«, fragte er.

»Sie werden's herausfinden, Manl.«

Ich klopfte ihm auf die Schulter und ging.

Er rief mir nach: »Meine Band spielt am Sonntag im Vorort Neuhof, kommen Sie?«

»Selbstverständlich, Manl!«

Nun hämmerte der Specht auch hier.

Léa, Tom und die uralten Soldaten

I
Marc de gewürz

Straßburg spielt zugleich Großstadt wie Kleinstadt. In diesem malerischen Renaissanceviertel genießen wir zeitweise eine behäbige Stille, dann stürzen plötzlich schwarmmäßig wirbelnd die Weltsprachen herein und verschwinden nach einer halben Stunde wieder.

Der ältere Herr neben mir am Tisch auf der Terrasse nickt mir zu: »*On entend ici toutes les langues du monde sauf la nôtre.*« Sein Blick fällt dann auf die Zeitung, die ich eben zusammengefaltet habe. »Oh, Entschuldigung«, sagt er auf Deutsch, »ich meinte: Hier hören wir alle Sprachen der Welt, mit Ausnahme der unseren, der elsässischen.«

»Ich verstehe auch Französisch, Monsieur.«

»Ja«, sagt er dann, »ein Deutscher lernt eher Französisch als ein Franzose Deutsch.«

»Dann wäre ich also ein Deutscher?«

»Oh, pardon!«

Mit einem Lächeln verzeihe ich ihm den Fauxpas: »Aus dem Saarland, vielleicht? Ich könnte eventuell auch Luxemburger sein, oder Belgier, oder Schweizer!«

Um seinen Mund spielt eine feine Ironie: »Ich will Ihr Geheimnis nicht lüften, Monsieur. Seien Sie doch bitte mein Gast: Zu einem Kaffee gehört ein *marc de gewürz, acceptez-vous?*«

»Gern«, sag ich. »Es gibt keinen besseren Weinbrand, hier.«

Hinter uns sitzen zwei Gäste, beide schätzungsweise um die Fünfundzwanzig, er mit Dreitagebart, sie mit langem, zu einem Schweif gebundenem kastanienbraunem Haar. Sie hatten uns nicht bemerkt. Und mein Nachbar, der ihnen den Rücken zukehrt, scheint sie ebenfalls nicht bemerkt zu haben.

»Also, dü nimmsch d' Franzose, ich d' Schwowe«, sagt der junge Mann, »*d'accord?*«

»*D'accord*, Tom«, sagt sie. »D'nägscht Wuch wächsle mr. Awer saa doch nit immer d'Schwowe fer alli Ditsche, egal wo se härkumme!«

»Des sawich nume uf Elsässisch, Léa! D'Schwizer sawe jo au Schwowe fer d'Ditsche, uf Schwizerdütsch.«

»Dü bisch awer ken Schwizer, Tom.«

»Leider, leider!«

Ihr schallendes Lachen bewirkt ein Schmunzeln um den Mund meines Nachbarn, er dreht sich um und sagt : »Na na, Jungi, nit so lüt!«

Léa springt auf, schaut zu uns herüber und erkennt ihn: »Bababa! Ich hab di gar nit g'sähn!«

Dann rasch einen Kuss auf Opas Glatze: »Dü, mir sin pressiert!«

Sie bemerkt dann mich, stutzt kurz, ihre agilen Augen mustern mich, als versuchten sie, etwas ihr noch Unbestimmtes zu deuten, sagt: »*Excusez, monsieur!*« und läuft zurückwinkend ihrem Kollegen nach.

»Meine Enkelin Léa«, sagt mein Nachbar. »Hat einen Master in Vergleichende Literatur. In den Ferien ist sie Fremdenführerin. Was sie jetzt vorhat, will sie mir nicht verraten. Sie werden sie übrigens besser kennen lernen, sie und auch diesen Tom.«

»Wieso?«, frage ich.

»Ich hab so eine Ahnung. Und auch wir beide werden uns wahrscheinlich noch einmal treffen. Vielleicht im Münster? Übrigens, Heim ist mein Name, André Heim.«

Ich bin sprachlos ...

II
Léa

Am Tag darauf: Ich schlich mich in Léas französische Touristengruppe ein und hörte gespannt ihrer Einführung zu. Da stand sie, den obligatorischen Touristenführerregenschirm hochhebend, und ihre wohlklingende, warme Altstimme hielt uns in ihrem Bann ...

»*Suivez mon parapluie!* Immer meinem spitz zusammengerollten europahauptstadtblauen Regenschirm nach, *Mesdames et Messieurs*!

Zuerst aber, *faisons connaissance*: Ich heiße Léa, für Sie mit einem *accent aigu* auf dem *e* versehen, für andere nicht frankophone Europäer lasse ich diesen Akut weg, es spricht sich aber gleich aus. Meinen Familiennamen möchten Sie gern wissen? Lassen wir das, ich möchte Sie nicht mit dem aspirierten *H*, den Velares *ach och uch* und der Kaskade von Konsonanten *gschprtzt* belästigen!

Sie werden wohl schon festgestellt haben, dass die meisten von uns deutsche Eigennamen tragen, und was die Ortsnamen anbetrifft, bitte ich Sie, auf eine genaue Wiedergabe von Toponymen wie zum Beispiel Souffelweyersheim und Krautergersheim zu verzichten, wenn notwendig verkürze man zu Souffel und Kraut, k-r-a-u-t, *prononcé Kraoutt, donc*.

Sie werden jetzt wahrscheinlich ein bisschen verunsichert sein und mich fragen: Ist das Elsässisch? Auf Elsässisch haben wir selbstverständlich eine uns eigene Sprechweise, zum Beispiel *Süfflwîrschë* und *Krütarjerschë*. Sagen Sie sich einfach, Mesdames et Messieurs, dass im Elsass, was man in Schriftsprache liest, oft ganz anders klingt, wenn die Dialektelsässer es aussprechen. Und was wir denken, sagt in der Übersetzung oft etwas ganz anderes aus.

Ob uns das hie und da erlaubt, chamäleonhaft fremdem Zugriff zu entweichen? Die Antwort überlassen wir den Sprachpsychologen, die solche Kuriosa genüsslich einsammeln, um sie kulturpolitisch auszuwerten.

Lassen Sie sich dann gesagt sein, dass Sie hier noch auf andere Exotika stoßen werden, was schließlich den Reiz dieses Landes ausmacht.

Et voilà, nach dieser kurzen Einführung, machen wir uns jetzt auf den Weg durch die *Capitale de l'Europe*. *Et suivez mon parapluie!*«

Ich nahm mich zusammen, um nicht zu klatschen, denn das war fast kabarettreif! Ich verzichtete dann auf den Rundgang und warte nun hier seit einer Stunde auf die Rückkehr der Gruppe. Da kommt sie auch und bedankt sich freundlichst bei Léa.

»Monsieur le Professeur – denn das scheinen Sie mir doch zu sein, oder? – warum haben Sie die Klasse geschwänzt, kaum hatte ich angefangen?«

»Ich wollte mir nur Ihre Einführung anhören und da haben Sie den elsässisch-französischen Nagel voll auf den Kopf getroffen. Chapeau!«

»Was zu sagen ist, das muss halt gesagt werden, besonders auf Französisch!«

»Übrigens ein exzellentes Französisch, muss ich sagen, Mademoiselle!«

»Nehmen Sie mir, Monsieur le Professeur, meinen kurzen Exkurs was die Sprachpsychologen angeht, nicht übel?«

»Aber nein, ich werde mir sogar das genüssliche Einsammeln von elsässischen Kuriosa merken und es vermeiden! Und das *Monsieur le Professeur* lassen Sie bitte weg, ich bin ja emeritiert.«

»Und wie soll ich dann zu Ihnen sagen?«

»Professer, einfach Professer.«

»Aha ...«, sagt sie und schaut mich verdutzt an.

Nun ist es an mir, verdutzt zu sein: »Ja, aha ...?«

»Und ich bitte Sie, das *Mademoiselle* wegzulassen. Ich heiße Léa, wie Sie bereits wissen.

Mit einem *accent aigu!*«

»Gerne, Léa!«

III
Lürik

Léa hatte mir gestern einen Briefumschlag in die Hand gedrückt: »Lesen Sie das, es wird Sie vielleicht interessieren. Es ist von meinem Kollegen Tom. Er dichtet.«

Dichter lese ich abends nie, entweder schlafe ich drüber ein, oder sie rauben mir den Schlaf, weil ich den Schlüssel zu ihrer Verzwicktheit nicht finde. Das tue ich am Vormittag, wenn der Geist noch frisch ist. Also Tom, nun: hoffentlich ist's keine Nabelschau!

»Das Schreibenmüssen ist eine Sucht. Aber sollte man überhaupt in diesem Land so viel schreiben, dichten? Und weil hier mehr geschrieben als gelesen wird und der Dichter nicht leben kann ohne diese Sucht zu befriedigen, nenn ich das: Elsass-Literatur-Onanie. Also tun wir's trotzdem?

Schrib schrib schrib! sagen sie. Aber was und wie?
Wenns noch uf Frànzeesch wär,
àwer do ischs mir zu trocken.
Wenns noch auf Hochdeutsch wär,
aber da klinge es vollmundig, deftige Ländlichkeit hieße es
dann drüben:
also nicht wirklich Lyrik.
Uf Elsässisch! sagen sie, die Unsern.
Soll ich dànn uf Elsässisch de lürikscht Lürik noochlaufe,
wenn se dich nit läse,
wil dü üs de Blüemle-Tràdition hüpse tüesch?
Also wàs noo.

Meinen sie denn, man müsse das ganze Ländel mit Gedichtlein vollstopfen:
Gedichthäfle wie Gerànie vor e jedes Fànschter
Gedichtbaimle vor e jedes Hüs

Gedichtnelke àn e jede Sunntigsfràck
Schnittgedichtle uf e jede Tisch
Gedichtkrittle in e jedi Supp
un gezuckerti Gedichtle, gsàlzeni, gepfäfferti, gfillti, ge-
ràppti, gebrätelti
Unsowiterschgedichtle.
O Lürik, Lürik, Elsàsslürik ohne End
Verdàmpftlürik Verkràmpftlürik
un uf de Eckbànk näwenem Kàchelofe heimatle:
So hätte sie dich gern.
(Un gern hàn, das könne se mich mànchmol!)
O je!

Wie gesagt, es isch e Sucht. Und wenn 's Gedicht nit kommt,
so wie du es geträumt hast,
dass es ihnen in die Seele hineinschneiden tut,
no schribsch hàlt ewers elsässische Gedichtschriwe
in diglossischen Flattersätzen wie do jetzt.
Oder du schließt die Tür ab,
schmeisch de Schlüssel in den Gully,
und schwimmsch nüber zum Bermudadreieck.
Ende.«
Mein lieber Tom, dich muss ich unbedingt kennen lernen!

IV
Vom Stalin-Sepp und seinen Kollegen

Das geschah unversehens. Ich schlenderte durch den Vorort Neudorf, entdeckte eine Tordurchfahrt, trat hinein und befand mich mitten in einer Anhäufung von alten Fachwerkhäusern, die einen blind, andere scheinbar bewohnt. Auf den Türen meist türkische oder arabische Namen. Und da stand Tom. »Ich hab auf Sie gewartet«, sprach er, und führte mich zum hinteren Haus, auf dem abgeblättert zu lesen ist: Wynstubb zuem Zapfe.

»Hier treffen sie sich jeden Monat, die Alten«, sagte er. Ich folgte ihm.

Ich befinde mich nun in einer muffigen kleinen Gaststube. Am Tisch sitzen effektiv vier Grauköpfe beim Kartenspiel. »Sie klopfe schun widder e Tärtele«, flüstert Tom mir zu. Dann stellt er mich vor: »Das isch de Professer, von dem ich ejch verzählt hab. (Ich frag mich, woher kennt der mich denn so gut?) Er mecht wisse, wer ihr sin, was ihr erläbt han, ihr alti Helde.«

»Versteht'r elsässisch?«, fragt einer.

»Klar«, sagt Tom, »awer s isch besser, ihr verzähles uf Ditsch, des kenne ihr doch noch, gelle, von zälledürs. Stalin-Sepp, Ihr han s Wort!«

Und der spricht: »Ja, wie Ihr ghört han, Mösjö, ich bin de Stalin-Sepp, ich hab nämlich den Stalin g'sehe. In Moskau, wo mir defiliert sin noochem Sieg. Wie das komme isch? Mich hat der Hitler zwar eingezoge, der Sepp isch ihm awer an der Front durchgebrännt, isch zum Glück aufn russische Leutnant g'stosse, wo emol im Frankrich isch gsin, hat mich gfragt: Sepp, was kannsch du ? Hab ich g'saat: Alles repariere, was kaputt isch. Und so han sie mich in d'Regimentswerkstatt eing'stellt, die han do so herumgepfuscht, dass

117

es e Schand isch g'sin. Voilà: schießen hab ich nicht mehr brauchen.«

(Tom flüstert mir ins Ohr: »Es stimmt. Er hat mir eine russisch und französisch verfasste Bescheinigung gezeigt. Die Defileegeschichte aber wird er sich erdacht haben!«)

»Ich bin der Polack«, sagt ein Hagerer. »War auch eingezogen, bin auch desertiert, in Polen. Hab mich als ausgerissenen französischen Zwangsarbeiter ausgegeben und bin von einem alten Bauer als Kuhhirt eing'stellt worden. Es war auf einem abgelegenen Hof. Un dort stieß ich zufällig auf einen verirrten SS-Mann der französischen SS-Division Charlemagne. Du Idiot, schrei ich ihn an. Ja, ich war ein Idiot, sagt er, aber jetzt hab ich die Nase voll! Wir stellten ihn also als Hilfsarbeiter ein, der Bauer und ich, bis zum Waffenstillstand, und die Russen haben dann die zwei ausgerissenen Zwangsarbeiter den Alliierten ausgeliefert!«

(»Stimmt, haargenau«, flüstert Tom.)

»Ich bin der Tito-Schorsch«, sagt ein Dicker. »Habs genau so gemacht wie der Sepp, aber in Serbien. Mich hat der Tito gefragt, (Tom hüstelt.) na ja, es war einer von den Titisten: Was du können? Hab ich g'sagt: Kochen! Un so bin ich dort Regimentschefkoch geworden. Dem Tito hab ich mal einen Entenbraten gekocht. Schießen hab ich auch nicht brauchen, der Krieg war ja fast zu Ende.«

(»Stimmt auch ungefähr«, flüstert Tom, »bis auf den Entenbraten, der ist nicht dokumentiert.«)

»Ich bin der Tambow-Schüll«, sagt ein Ausgemergelter. »Wie es im Tambower Gefangenenlager für Elsässer zuging, brauch ich nicht zu erzählen. An die zehntausend von uns sind dort verscharrt. Und ich hab weder den Stalin noch den Tito gesehen. Schluss.«

Steht auf und geht. Und ebenso tun es die anderen.

»Ja«, sagt der Polack, »hast recht. Was gehn denn diesen Fremden unsere G'schichten an.«

Tom schüttelt verärgert den Kopf, dann sagt er: »Kommen Sie, gehen wir halt auch.«

V
Die Kreuzungsinsel

Eine Touristeneinheit, fünfzig Leute stark und in langgestrecktem Zug, von einem gerollten roten Regenschirm angeführt, marschiert an mir vorbei. Es sind Toms Deutsche. Plötzlich, an der Kreuzung, bleibt die Kolonne stehen. Was ist da los?, fragt einer. Polizei hat die Gasse gesperrt, antwortet ein Langer. Dann machen wir doch kehrt!, sagt ein Dritter. Man könnte doch auch nach rechts einschlagen, meint eine Frau. Steht nicht im Programm!, rügt sie eine andere. Und was macht der Führer?, fragt ein grüner Hut. Er verhandelt mit der Polizei, meldet der Lange.

Eine zweite, ebenso starke Gruppe, ebenso im langgestreckten Zug, diesmal aber Franzosen, von Léas gerolltem blauen Parapluie angeführt, sehe ich nun von links auf Toms Flanke stoßen. Léa durchbricht die Flanke und, als die erste Hälfte dieser Gruppe durch ist, bleibt das Ganze stehen. Polizei habe auch diese Gasse abgeriegelt, höre ich, die Führerin parlamentiere.

Wir haben nun hier ein gleichschenkeliges Kreuz auf der Kreuzung: die Mitte des französischen Balkens in die Mitte des deutschen hineingeschoben, so dass man nicht mehr erkennen kann, was französisch, was deutsch. Man vertritt sich die Füße, man versucht, ein Gespräch anzubahnen, man lächelt sich gähnend zu, kurzum, auf dieser Kreuzungsinsel entsteht so etwas wie deutsch-französische Gemeinsamkeit.

Wir erfahren nun, warum wir hier festsitzen: Eine entfesselte Demo kreist in polizeilich abgegrenztem Abstand um unsere Kreuzinsel herum mit Bratpfannentamtam, Handsirenengejaule, Vuvuzelagedröhn, im Takt gebrüllten Slogans und Polizeitrillerpfeifen, also dem ganzen Instrumentarium einer zünftigen Demonstration.

Doch, so plötzlich wie er aufgetaucht war, verschwindet der Spuk auch wieder und es folgt eine Atempause, dann schaut man sich lachend an, ordnet sich wieder nach Staatszugehörigkeit ein, die Deutschen stellen sich in Marschordnung auf, die Franzosen lassen sie durch und schließen dann auf, und die zwei Parapluies stechen ein paar Mal hoch zum Abmarsch. Das war's.

Eine Stunde später: Léa sitzt auf einer Bank, dem Münster gegenüber, sie scheint auf mich gewartet zu haben.

»War diese Demo vorgesehen, Léa?«

»Welche Demo? Ach ja. Vergessen Sie die Demo«, sagt sie. »Sie haben sicher Toms Text gelesen. Was halten Sie davon?«

»Tom hat ein Problem«, antworte ich. »Er verkrampft sich.«

»Ja, er kann manchmal sehr bockig sein. Dann scheut er, schlägt nach links und rechts, nach vorn und hinten aus und geht durch. Dieses Land macht ihn krank. Ich befürchte, er wird mal eine Dummheit machen. Helfen Sie ihm, Professer.«

»Das könnten nur Sie, Léa. Warum sind Sie seiner Gruppe in die Flanke gestoßen?«

Sie lacht: »Einfach so, Professer: Griechisches Kreuz, gleichschenkelig, durch elsässisches Einwirken in ein deutsch-französisches umgewandelt. War doch nett, nicht?«

»Ich hätte noch zwei Fragen, Tom betreffend: Wem gehört diese sonderbare Wynstubb, gehört die wirklich ihm? Und was hat er mit diesen Veteranen vor?«

»Die Wynstubb hat er von seinen Eltern geerbt. Sie dient ihm jetzt als Dichterschreibstube, wie er sagt. Und was diese schrulligen Alten anbelangt, da fragen Sie am besten meinen Bababa. Übrigens, er erwartet Sie morgen Nachmittag um fünfzehn Uhr hier.«

Sie drückt mir die Hand, lächelt mich an, steht auf und geht.

VI
Geilers Dackel

Auf dem freien Sitz in der Straßenbahn liegt eine Gratiszeitung. Von einer Demonstration, gestern, steht nichts drin. Auf dem Münsterplatz wartet der Bababa bereits. So will er auch von Ihnen genannt werden, Professer, hatte mir Léa anempfohlen. »Kommen Sie«, sagt er, »ich will Ihnen etwas zeigen.«

Im Münster summt es wie in einem Bienenstock. Wir haben Mühe, uns durchzuschlängeln. Wir erreichen schließlich die Kanzel. »Dieses Wunderwerk der Spätgotik wurde speziell für ihn geschaffen, Geiler von Kaysersberg«, erklärt der Bababa. »Er war der berühmteste Prediger seiner Zeit und ein unermüdlicher, unerschrockener Geißler einer verrotteten Gesellschaft. Zuerst räumte er im Münster auf, wo es manchmal wie auf dem Markt zuging. Dann kämpfte er gegen die Verwilderung der Sitten und die Missstände in der Kirche. Dies in einer oft mit Witz gewürzten, volkstümlichen Sprache. Er liegt hier unter seiner Kanzel begraben. Ein begnadeter Rebell Gottes, wenn ich das so sagen darf.

Ich bin aber speziell für sein Hundel gekommen, den kleinen Dackel, den Sie hier am Fuß der Kanzel sehen. Ich streichle ihn manchmal und sag: Hundel, warum hast du damals nicht gebellt, im Mai 1941?

Kommen Sie, wir gehen zum Engelspfeiler. Dort ist's geschehen.

Ich war siebzehn alt, Schüler. Ich trug einen Hut, wie es damals in meinem Alter Mode war. Ich nahm ihn ab, als ich durchs Portal trat, ging bis zur Chortreppe und stellte fest, dass das rote Lichtel vor dem Allerheiligsten nicht brannte. Es stimmte also, was man mir gesagt hatte: Hier darf kein Gottesdienst mehr gehalten werden.

Ich setzte den Hut wieder auf. Hier, am Engelspfeiler, kam ein Wächter auf mich zu, schlug mir den Hut vom Kopf und brüllte mich an: Schämst du dich nicht, du Lausebengel, hier in diesem Meisterwerk der deutschen Kultur den Hut aufzusetzen!

Ich schaute ihn an und sprach: Wo ist Gott? Er ist nicht mehr in seinem Haus. Da brauch ich den Hut auch nicht abzunehmen.

Hob den Hut auf, drehte mich um, setzte ihn wieder auf und ging hinaus.«

»Und das Hundel hat nicht gebellt«, sag ich später im Café.

Er lacht: »Ich sag mir manchmal, der Dackel wird drei Jahre lang auf den richtigen Moment gewartet haben, um dem Wächter den Hosenboden zu zerreißen.«

»Sie haben nicht so lange gewartet, sag ich.«

»Das wissen Sie also?«

»Das hab ich mir vielleicht nur so ausgedacht, antworte ich.«

»Es stimmt, nur ein Jahr, dann bin in die Schweiz geflüchtet. Nach Schaffhausen, wo Geiler zur Welt kam. Hosenböden hab ich keine zerreißen brauchen... eigentlich auch nicht wollen!«

»Haben Sie diese Geschichte ihrer Enkelin und auch Tom erzählt?«

»Ja. Wem nur einmol im Läwe e kleini Heldetat passiert isch, der verzählt se immer wieder, als wärs e großi g'sin! D'Léa streichelt mich dann iwer d'Glatz un lächelt. Und der Tom? An Ihrer Stell, sagt er, hätt ich dem Wächter eini gelangt. No, sag ich ihm, wärsch defir ing'sperrt worre. Dann lacht'r.«

»Sollten Sie mir denn nicht von diesen bizarren Alten erzählen«, frage ich, »die Tom scheinbar regelmäßig in seiner alten Wynstubb versammelt. Und wozu?«

»Da fragen Sie am besten ihn selber«, antwortet er. Klopft mir auf die Schulter und verlässt das Lokal.

VII
Das Diplom

Wie scheen ischs wenn se binànd sin
sich stritte um de verrückschte Krieg
sich iwertrumpfe in de Tàte
die alte Knöpf von Soldàte

»Hallo, Tom! Stör ich Sie beim Dichten?«

Er zuckt verstört auf: »Wie sin Ihr do rinkomme? Ich hab Ejch gar nit g'heert!

Iwrigens, Ihr könne ruhig dü zu mir sawe, Professer.«

»Na dann, Tom. Nach dieser Sitzung hier, hast du mich auf der Straße stehen lassen und warst plötzlich verschwunden.«

»Ich war wütend auf diese vier und auf mich selber«, sagt er.

»Erzähl mir von diesen vier.«

»Eigentlich sollten es sechs sein: der Heilhitler-Fritz will nicht mehr, sie haben ihn immer wieder gehänselt.«

Ich unterbreche ihn: »Heilhitler-Fritz? Warum dieser Nazi-Spitzname?«

»Er war HJ-Führer gewesen hier im Viertel. Dann einer der wenigen elsässischen Freiwilligen, in der Wehrmacht allerdings, nicht in der Waffen-SS, und dies als Dolmetscher in Frankreich! Das Lustige an der Sache ist, dass er in Paris vom Deggoll-Franz gefangen genommen wurde. Der Franz war nämlich Sergeant in der französischen Befreiungsarmee und behauptet, der Général De Gaulle habe ihm persönlich die *Médaille militaire* angeheftet. Der kommt auch nicht mehr, er hat gesagt: Wenn mein Gefangener weiter so gehänselt wird, habt ihr mich gesehen! Er hat, laut Genfer Konvention, ordentlich behandelt zu werden!«

Ich platze beinahe vor Lachen: »Heilhitler und Deggoll! Aber nun sag mir, weshalb hast du diese Alten versammelt?«

»Ich will diesen Verstummten endlich das Wort geben. Sie sollen noch alles sagen, bevor ihnen das Scheidzeichen läutet. Ich habe zwar keine elsässischen Schwejks gefunden, aber der Prager Schwejk könnte trotzdem, wenn ich so sagen darf, ihr ›Schutzpatron‹ sein!

Nun ist Folgendes passiert: Nach fünfundsechzig Jahren ist es einem *Président de la République* endlich eingefallen, die Überlebenden der französischen Kriegsteilnehmer zu ehren. Und, halte Euch fescht: Die ehemaligen in die Wehrmacht zwangseingezogenen Elsässer dürfen auch dabei sein! Letzten Monat wurde ihnen das Diplom überreicht, nur der Fritz bekam es nicht.

Ich hab mit dem Deggoll darüber gesprochen und gesagt: Franz, Ihr müsst do noochhelfe: Leiht mir Euer Diplom, ich kopiers ufem Komputer, lösch Eure Name un tipp einfach dem Fritz sine druf.

Nein, sagt der Franz, das wär Urkundenfälschung!

Unsinn, kein Mensch wird davon erfahren! Und Ihr müsst das Diplom überreichen, Ihr seid ja bim De Gaulle g'sin, nit! Un der hat sich doch mit de Ditsche versöhnt! Un der Fritz isch nit emol e Ditscher, nur e lätzgeratener dummer Hund vom e Elsässer!

Übermorgen findet hier die Feier statt. Ich hab dem Fritz und den anderen gesagt, dank einer Intervention vom Franz sei das Diplom nachgereicht worden. Sie kommen alle. Also? Nach einigem Zögern sagte er schließlich: Na ja, dem De Gaulle zulieb.«

Diesmal lache ich nicht. Was wird hier gespielt? Jux oder bitterer Ernst ? Dieser Fritz tut mir im Voraus Leid. Was geht in dir vor, Tom?

VIII
Der Heilhitler-Fritz

Ich war dabei. Die sechs sahen ziemlich verwirrt aus. »Der Riesling wird sie bald wieder aus dem Irrgarten herausholen«, sagte Tom zu mir.

Der Heilhitler-Fritz hockt zusammengesunken am Tischende. Es wird eingeschenkt, sie stoßen an, nippen, stellen die Gläser wieder auf den Tisch, schauen sich an, schütteln den Kopf, nehmen wieder das Glas auf und trinken es leer. Tom lächelt und ruft hinüber: »Na, kann die Feier nun endlich beginnen?«

Der Deggoll-Franz steht auf, zeigt auf den Fritz, ruft mit Kommandostimme: »*Debout, Mülläär!*« Dann geht er auf ihn zu, überreicht ihm auf Französisch das Diplom mit den Worten: Frédéric Müllär, ich überreiche Ihnen im Namen des *Président de la République* das Ehrendiplom für Ihren Einsatz während des Kriegs. Und somit nimmt Sie das Vaterland wieder in seinen Schoß auf. Vive la France! Wiederholen Sie!«

Der Fritz schafft es nicht, er heult wie ein Schlosshund.

Und es folgt eine Szene wie im Volkstheater:

Stalin-Sepp: Nimm dich zusammen, Obergefolgschaftsführer, oder soll ich dir die Hammelbeine langziehen?

Tito-Schorsch: Lug ihn dir an, diesen ehemaligen Striezer, Piesacker, Schikanierer, wie der jetzt plötzlich zum Weichei wird!

Tambow-Schüll: Da guckschte, was! Diesen braunen Wortschatz han wir alle von dir gelernt!

Stalin-Sepp: Du hasch versucht, uns zu verseuchen, es isch aber danebengegangen. Und den Franz hättst du fast nach Schirmeck ins Lager gebracht, er isch aber vorher abgehauen!

(Der Deggoll-Franz schweigt.)

Tito-Schorsch: Daheim e grossi Heilhitler-Gosch, an der Front ham'r dich aber nit g'sehn.

Tambow-Schüll: Und als wir im Gefangenenlager verreckten, wo bisch du g'sin? In Paris!

Deggoll-Franz: Hört doch auf mit dem alten Quatsch! Wir hier han doch alle überlebt, han's bis weit über achtzig gebracht!

Stalin-Sepp: Im Namen der vierzigtausend Gefallenen aber …

Deggoll-Franz (unterbricht ihn auf Französisch): Aufhören! Und sofort! Compris?

Tambow-Schüll: Du hasch gut rede! Du hasch de Krieg gewonnen, wir nicht! Und dieser Nazi-Fritz war auch e bissel schuld dran, dass man uns eingezogen hat, nit?

Polack: Wenn der e bissel schuld dran isch, so hat auch der Franz e bissel recht.

(Allgemeines Schweigen. Der Fritz schaut sich fragend um.)

Deggoll-Franz: Sag nun du was, Fritz.

Heilhitler-Fritz: Ja, ich hab gesündigt. Und ich bereu es seit fünfundsechzig Johr. Ich glaub, der Franz hat mir verziehn. Und das tut mir gut.

Deggoll-Franz: Nicht ich hab dir verziehn, es war meine Mutter. Die hat mir nach dem Krieg immer wieder g'sagt: Guck auf eine weiße Tapete, die würdst gar nit bemerken, hättse nicht die schwarze Umrandung.

Tambow-Schüll: Und die schwarzen Mückenschisse!

(Allgemeines Gelächter)

Polack (nachdenklich): Un wer von uns Heilige hat ken schwarzi Flecke uf sim wisse Hemd?

(Allgemeines betretenes Schweigen)

Fritz (steht auf, zerreißt das Diplom, verteilt die Fetzen unter die Kameraden und sagt feierlich): Noch eine Runde, Tom! Ich bezahl alles.

Die Haustür schlägt heftig zu. Die Flügel des Windfangs im

leisen Nachbeben. »Durchzug«, sagt Tom kalt. »Ich hätt zuriegeln sollen.«

Wir haben am Abend ein Taxi bestellen müssen, sie waren alle total benebelt.

IX
Köjlopf

»Jemand hat die Tür zugeschlagen, warst du es, Léa?«

»Ja, ich hab mir das Theater im Windfang angehört. Ich hätt vor Wut und Verzweiflung schreien können.«

»Und hast du den Tom gesehen, seither?«

»Ja, ich hab ihm die Leviten gelesen: Das war doch eine üble Hanswurstiade! Du solltest dich schämen, so geht man nicht mit diesen braven, naiven Alten um! Und sag mir nicht, das sei Vergangenheitsbewältigung!

Nein, ich hab die Vergangenheit nicht bewältigt, sprach er, sie sollte nur noch ein letztes Mal aufbrüllen! Für mich ist sie nun abgeschlossen. Lassen wir sie in den Dämmerschlaf versinken. Gehts mir jetzt um die Gegenwart? Ich hab keine. Die überlass ich euch. Schaut wir ihr damit zurechtkommt. Ich such mir eine Zukunft. Doch die liegt scheints in Utopia.

Dann ging er. Er hat meine Tränen nicht bemerkt.

Utopia, Professer, das heißt bei ihm Bermudadreieck, wo die Schiffe auf mysteriöse Weise verschwinden. Im Sargassomeer, also, wo die Flussaale laichen und dann hin sind ... Ich würd' ihn lieber als Lachs in den Nordantlantik schicken, da käme er wenigstens wieder zurück ...«

»Warum bist du so sarkastisch, Léa? Du liebst ihn.«

»Was sagen Sie zum meinem Köjlopf, Professer?«

»Fabelhaft, dies ohne zu flattieren, Léa!«

»Wenn er nicht ganz abgekühlt ist, schmeckt er am besten, heißts im Kochbuch.«

Sie hatte mich in ihre kleine Wohnung in der Altstadt eingeladen: »Ich back Ihnen einen Kugelhupf mit Malaga-Rosinen.« Die Form soll von einer Urgroßmutter stammen. Ob ich ein Gläschen Gewürztraminer dazu trinken möchte?

Sie schenkt mir ein. »Ich trinke am liebsten Kräutertee,

sagt sie. Meine Eltern betreiben nämlich eine kleine Heil-kräuterfarm in einem abgelegenen Dorf. Sie leben da wie auf einer Insel, außerhalb des Weltgeschehens.«

»Und der Opa?«

»Der Bababa ist ganz verschweizert! Behäbig, neutraler Beobachter der Dinge, mit hintergründigem Witz. Und so lieb ... Ich wollte ihm mal einen Dackel schenken, da wehrte er lachend ab: Nein, den lass mir im Münster!«

Ihre Haselnussaugen und ihre Mundwinkel sind in steter Mobilität, mal leichte Ironie, mal Sanftheit, mal auch Nach-denklichkeit. Wer bist du, Léa?

Als hätte sie meine Gedanken erhascht, fragt sie: »Und wer sind Sie, Professer?«

»Ich frag mich das manchmal auch«, antworte ich. Und füge hinzu: »Und wer bist du für Tom?«

Sie schweigt.

»Noch ein Stück Kuchen, Professer?«, fragt sie dann. »Wissen Sie, ich hab lange gebraucht, bis ich das Kupfel-hupfbacken im Griff hatte. Wichtig ist, sagt mein Koch-buch, dass man den Teig kräftig durchknetet, aber nur kurz, sonst gibts einen Brei!

Übrigens: wir haben beide gekündigt. Nach dem Rund-gang gibts seit gestern eine Folkloretanzdarbietung. Das hat uns gereicht. Tanz, Elsässerin, tanz, uzte ich, wie im Pup-penspiel! Und Tom sagte: Ich hab das alles satt, Schluss also mit dem Affentheater!«

Sie wickelt die letzten Schnitten Köjlopf in eine Alufolie: »Für Ihr *petit déjeuner* morgen früh, nehmen Sie auch die Flasche mit«, sagt sie und küsst mich flüchtig auf die Stirn.

X
Servilasalat

»Suchen Sie doch im Internet die regionalen Chatforen auf, Professer! Da erleben Sie, wie diese elektronischen Quasselbuden unsere Psyche und unsere Lebensart so nach und nach verändern. Ich empfehle Ihnen besonders eine, wo von der elsässischen Sprache die Rede ist. Da lachen Sie sich krumm oder es platzt Ihnen der Kragen! Da entdecken Sie das Neuelsässisch. Ein Nutzer meinte, da Englisch aus einer Mischung von Altdeutsch und Altfranzösisch entstanden sei, könne man auch ein New-Alsatic schaffen aus einem Mix Französisch und Elsässisch. Und seitdem liefern die *Amis (Friends)* die verrücktesten Einfälle, zum Beispiel: Man würze einfach französische Sätze mit Dialekt-Einschüben wie hopplageiss, jo, je, gäll, min liewer Scholi, undsoweiter. Andere, die den Dialekt in seiner gesprochenen Echtheit erhalten möchten, schaffen im Schriftlichen die deutsche Rechtschreibung – mit der sie sowieso Probleme haben – ab und schreiben das Elsässische in französischer Orthografie. Da, lesen Sie, ich hab Beispiele mitgebracht: *Seuil*, das ist *Söj* (Sau), *chbror*, das ist *Sproch*, oun: un(d), und noch exotischer: *ta ahim (daheim)*!«

»Mir platzt der Kragen nicht, lieber Tom, ich lächle nur. Nimm das alles doch nicht so ernst. Sag dir, da haben halt desorientierte Stammtischler einen Spielplatz gefunden.«
    »Professer, das ist ein Seismograf der Evolution, die eigentlich eine Regression ist!«

Wir sitzen in seiner alten Wynstub bei einem Servilasalat mit Schwizerkäs, von ihm persönlich zubereitet.
    »Schmeckts Ihnen, Professer?«
    »Vorzüglich, Tom. Ich mag solche Mischungen.«
    »Auch den Sprochsalat?«

»Vergiss das, Tom, es gibt Wichtigeres in diesem Land, das zu bemängeln wäre, nehme ich an.«

»Ich hab dann mein eigenes Forum gegründet«, sagt er: »Wir müssen eine neue Vision erfinden, die nationalen Monokulturen durch eine sprachlich-kulturelle Biodiversität ersetzen, die über die Grenzen hinüberreichen würde, neue übernationale Zonen des Zusammenlebens schaffen … Ich träume, Professer …«

»Träume weiter, Poet«, sag ich.

»Wenn Sie wüssten«, sagt er, »wer da alles ins Chat einfiel: Dialektfanatiker, Germanophobe, Frankophobe, Nationalisten, Hakenkreuzler sogar und Keltenkreuzler, alles durcheinander. Hab dann das Forum gelöscht. Ich muss weg, Professer. Ich bin kein Kulturpolitiker. Ich hasse Agitprop jeder Art. Ich bin nur ein sensibler Dichter. Ich werd krank hier. Ich muss die Welt draußen erleben. Ich muss mein Gleichgewicht finden!«

»Und was sagt Léa? Du liebst sie doch, oder?«

Er steht auf, schaut zum Fenster hinaus und schweigt. Schließlich sagt er: »In der Fastenzeit verlangten die Straßburger in der Wynstubb *e Versteckelter*. Das war ein Schwizerkässalat, drunter war die Servila versteckt. Verstecken, das können und müssen wir, immer wieder!« Dann drückt er mir ein Blatt in die Hand: »Lesen Sie das. Und Sie werden mich verstehen.«

bleichi wand / um min lànd / un irix schloft / en iil
es dànzt si dod / e letschti imm / zwische daa un sehsch-mi-nim
doch draimt feris / en iil?
(bleiche Wände / stehen um mein Land / und irgendwo schläft / eine Eule / eine letzte Imme / tanzt sich zu Tod / zwischen Tag und Dunkelheit / doch träumt für uns / eine Eule?)

Die Eule durchdringt die Dunkelheit, Tom, auch im Alptraum.

XI
Manitoba

Sie haben gestern den Müller-Fritz beerdigt. Die Kameraden waren alle da. Keiner sprach ein Wort vor dem offenen Grab. Der Stalin-Sepp räusperte sich kurz, der Tito-Schorsch kratzte sich die Glatze, dem Tambow-Schüll entfuhr ein Seufzer, der Polack wischte sich eine Träne aus dem Auge. Sie besprengten dann mit Weihwasser, nickten ein paarmal und verließen den Friedhof, einer nach dem anderen. Der Deggoll-Franz, seine *Médaille militaire* auf die Brust geheftet, blieb als letzter zurück, setzte sein altes Sergeantenkäppi auf, stand stramm und salutierte. Ich wollte ihm folgen, er winkte aber ab.

Tom, mit leichenblassem Gesicht: »Er soll friedlich eingeschlafen sein ... Hätte ich dieses Theater nicht inszeniert, würde er vielleicht noch leben ...«

»Du hast es aber gut gemeint, Tom, ich würde sogar sagen: Du hast ihm eine Last vom Herzen genommen.«

»Versuchen Sie nicht, mein Gewissen zu entlasten, Professer! Es war eine üble Hanswurstiade, wie Léa sagte. Leben Sie wohl! Sie waren uns zugeneigt, danke.«

Auch er winkte ab, als ich ihm folgen wollte.

»Er hat seine Siebensachen gepackt, sagte mir Léa am Abend. Dann haben wir uns verabschiedet. Gehsch jetzt? fragte ich ihn. Ja, ich geh. Wohin? Nach Kanada. Wann? Morgen früh mit Air France.

Haben wir uns geküsst? Flüchtig. Dann verließ er das Haus. Ich schaute zum Fenster hinaus und sah, wie er mit dem Ärmel über sein Gesicht fuhr.

Nach Kanada, Léa, und nicht ins Bermudadreieck! Der Lachs wird also wiederkommen!«

Sie lächelt.

»Und wieso Kanada? Kennt er dort jemanden?«

»Ja, in Manitoba. Einen weitläufigen Verwandten. Der Vater ist ein Bretone, die Mutter eine Badnerin. Er ist im Elsass aufgewachsen. Komm rüber, sagte er am Telefon, hier leben freie Gemeinschaften, in Englisch, Französisch, Deutsch. Bring dein Elsässisch mit!«

»Aha. Und du, Léa, was wird nun aus dir?«

»Ich bin eine Frau, Professer. Frauen sind Hoffnungsträgerinnen. Sie fliehen nicht. Verstehen Sie das?«

In ihrem Blick leuchtete etwas auf, das mich an eine andere, früher erlebte Mimik erinnerte: an Sanftheit, Ausgewogenheit und seidigen Glanz ...

»Darf ich dich zum Airport fahren, Léa?«

Es zuckte um ihren Mund, dann nahm sie sich zusammen: »Ja, um acht Uhr ist der Abflug.«

Heute, sieben Uhr. Ich stelle den Wagen auf dem Parkplatz des Airports ab.

»Gehen wir hinein, Léa, vielleicht hat er noch nicht eingecheckt?«

»Nein«, sagt sie schroff. »Lassen Sie mich allein, bitte.«

Sie verlässt den Parkplatz. Ich folge ihr in einigem Abstand, bis ich sie aus den Augen verliere. Ich setze mich auf eine Bank.

Um acht startet der Airbus. Lautlos scheint er dahinzugleiten. Und in dieser sonderbaren Stille ertönt ein Ruf: Ich hab dich lieb! Und noch einmal, vom Echo verstärkt: Ich hab dich so lieb!

Ich fahre nun zurück, allein. Denn am unteren Rand der Windschutzscheibe steht, mit ihrem Lippenstift hingemalt: *merci adieu bisou Léa*. Und in den Scheibenwischer geklemmt: die lila Blüte einer Malve.

bisou: Küsschen

XII
Jungi Fraue

Bisch zufrieden, Professer, sagte ich mir, zu Hause angekommen, denn du hasch doch einiges erlebt, nit?

Ich habe ein sonderbares Land erlebt. Oder bin ich in seinen
Traum eingestiegen? In meiner Kladde liegen zwei gepresste
Malvenblüten. Da erinnere ich mich, dass ich bei Tom auf
einem an die Wand geheftetes Blatt folgende Verse gelesen
habe:

Fröj di nit wàs es isch – saa d'r aanfàch: es isch
Frag dich nicht was es ist – sag dir einfach: es ist
Ne te demande pas ce que c'est – dis-toi simplement: c'est

Dieses Land, also, an einer Wende angelangt und ein Gleichgewicht suchend zwischen der passiven Schwerkraft des Gewesenen und der enormen Anziehungskraft des Werdenden.
   Hör auf, Professer, sag ich mir, babbel nit so überg'scheit.
Trink lieber ein Glas von Léas Gewürztraminer.

Es sind Monate vergangen. Ich fahre in die Schweiz zu ir-
gendeinem Symposium. Mein Autoradio stottert zuerst
mit wienerischem Tonfall, dann klings vorarlbergisch, bis
Schwizerdütsch sich in den Wellensalat einmischt. Stell ab,
sag ich mir. Doch plötzlich erklingt's auf Französisch. Es
wird ein Interview angesagt, mit einer im Elsass neu ge-
gründeten poetischen Sprechgruppe »Jungi Fraue / Jeunes
femmes«.
   Doch abrupt schaltet sich Radio DRS wieder ein. Ich halte
am Parkplatz an und versuche die Feintarierung ... Und da
ist sie, endlich, die Stimme, auf die ich warte:

– Wir sind ein kleines Team, sagt sie, zwei Diseusen, zwei oder drei Musikerinnen, Gitarre, Zitter, Flöte, je nachdem.

– Ja, wir laden besonders Frauen ein.

– Nein, wir brauchen keine Bühne, wir sitzen mitten im Publikum, schalten auch oft kleine Gesprächsrunden mit den Anwesenden ein.

– Ja, deshalb treten wir nicht in großen Sälen auf, sondern in kleineren Räumen, von soziokulturellen Institutionen, zum Beispiel, manchmal auch privat.

– Das Programm ist dreisprachig: es enthält moderne Dichtung und Kurzerzählungen in Französisch, Deutsch und Elsässerditsch.

– Nein, wir übersetzen nicht unbedingt, gestalten den poetischen Aufbau aber nach Themenkreisen und lassen oft eine Sprache der anderen das Wort übergeben, im Dia- oder Trialog, sodass der Text global verstanden wird.

– In den Übersetzungen allerdings werden die verschiedenen Sonoritäten und Konnotationen der jeweiligen Sprachen offenbar. Denn Sprache ist Musik, jede Sprache hat ihren eigenen Klang, ihre eigene Magie, ihre eigene Liebeswerbung besonders.

– Nein, wir lassen uns nicht in Sprachendebatten ein. Die überlassen wir den Kulturpolitikern. Es geht uns nur um die Liebe zu jeder unserer drei Sprachen. Auf diesen Weg möchten wir die Anwesenden führen ...

Radio DRS bricht das Interview wieder abrupt ab.

Ich habe sie sofort wiedererkannt, die warme Altstimme. Und auch die des Interviewers: Der Lachs ist also wieder zurück, sag ich mir. Frag dich nicht, was es ist. Sag dir einfach: Es ist.

Das Symposium ist mir nun schnuppe. Ich fahre in die Berge. Zum Glück hab ich meine Wanderschuhe mit.

Babbaschott

I
Unterm Apfelbaum

Er sitzt auf einer Bank unter einem alten Apfelbaum, dessen Geäst ausladend bis zum Boden reicht. »Im Sommer«, sagt er, »sieht es wie eine grüne Kuppel aus, deren Inneres aus einem faserigen borkigen Geflecht besteht, im Winter eher wie ein schwarzes Haarnetz, das über ein sonderbares Gewirr gelegt ist. Und da ist nur dieser schmale Eingang mit den langen Strähnen, durch den Sie mich eben gefunden haben. Setzen Sie sich doch zu mir.«

»Den Baum habe ich selber gepflanzt«, sagt er. »Wir sind miteinander sehr alt geworden. Vielleicht halten wir beide es noch eine Zeitlang aus. Sie sind auch nicht mehr der Jüngste, nicht?«

Ich nicke.

Er lächelt.

»Tief unter dem Baum liegt eine Bombe aus dem Krieg«, sagt er nach einer Weile. »Ich sah den amerikanischen Jagdbomber im Tiefflug über das Dorf torkeln, ich sah die dicke Bombe in unser Ried fallen. Sie explodierte nicht. Der Bomber stürzte einige Kilometer weiter brennend ab. Ich ging herüber und besah mir das Loch: Es war mit Grundwasser halb aufgefüllt. Der Pionierfeldwebel lachte mich aus, denn das Suchgerät zeigte nichts an: Ihre Bombe steckt jetzt sicher im Magma! Ich hab sie aber gesehen, die Bombe, und das Loch war vorher nicht da. Als ich Jahre nach dem Krieg versuchte, das Wasser auszuschöpfen, sah ich in der Lochwand eine schwarze Steinspitze. Ich zog sie heraus, es war Basalt und hatte die Form eines Faustkeils aus der Steinzeit. Sein Benutzer muss auch hier unten irgendwo liegen, wahrscheinlich im Torf mumifiziert, sagte ich mir und warf den Faustkeil in den Schlamm: Da, nimm deine Waffe zurück,

Urururpapa, kannst sie zukünftigen Archäologen vorzeigen! Aber warn sie vor der Bombe! Dann legte ich in der halbversumpften Parzelle ein Entwässerungssystem an, schaufelte das Loch zu und pflanzte diesen Apfelbaum drauf. So wachen wir beide jetzt über zwei Zeugen der menschlichen Kriegswut, die hier eine Zeitspanne von zwanzigtausend Jahren umfasst. Sie glauben mir doch, oder?«

Ich nicke.

Er schüttelt den Kopf.

»Nein, Sie ahnen nicht, dass ich hier über einer Zeitbombe sitze, die bestimmt mal explodieren wird, ein kleines Erdbeben würde genügen. Kulturelle Erdbebenchen, die kennen wir hier. Meistens merkt man sie nicht einmal. Und so ist mein Land für mich nach und nach zu einer *verloreni Heimet*, einem *lost country* geworden. Die Desintegration ist im Gang. Und Klio, die Muse der Geschichte, wird in ihre Annalen die Schlussbestandsaufnahme eintragen: Nach einem vollen Jahrtausend hat die Postmoderne ihr Sosein und Dasein auf der Webseite der Geschichte gelöscht. Ja.«

Er nickt.

Ich schüttle den Kopf.

»Sie haben recht, den Kopf zu schütteln«, sagt er. »Denn meine Fantasie treibt manchmal wunderliche Blüten. Wissen Sie, es gibt auch immer wieder Erdbebenchen – lächeln Sie ruhig über das Diminutiv! – die zurechtrücken, was das vorherige zerrüttet hatte. Und Klio weiß auch manchmal mit leichtem Fingerstupf ins Geschehen einzugreifen.«

Er steht auf, schiebt seine grüne Wollmütze ins Genick, schmunzelt wie ein gewiefter Märchenerzähler zu seinem naiven Zuhörer und sagt:

»Wir sehen uns wieder, gelle, Monsieur?«

Wir nicken uns lachend zu.

II
Ma'm Anna

Ich wollte einfach noch einmal in dieses Land zurück, dem ich manch schöne Erlebnisse und interessante Erfahrungen verdanke. Dieses Elsass kann einen süchtig machen.

Und nun bin ich da, und hoffe, mein inneres GPS führt den Professer, in dessen Habitus ich nun wieder hineinschlüpfe, irgendwohin, wo Neues, Apartes zu entdecken wäre. Und schnurstracks, nach endlosen Maisfeldern, bringt mich mein Auto zu einem Biobauernhof.

Ich klingle. Eine stattliche Frau, ich schätze ihr Alter so um die Vierzig, öffnet die Tür:

»*Vous désirez, Monsieur? Des légumes ou des herbes?*

»Sie verkaufen auch Heilkräuter, Madame ...?«

»Ma'm Anna«, sagt sie und ihr rundliches, sanftes Gesicht lächelt mich an: »Ja, noch üs de Zit vor mer ufkauft han.« Dann ruft sie: »Mehmed, bring mr doch d'Kritterlischt!«

»Ihr Mann?« frag ich.

»Nää«, lacht sie, »unser Arweiter, a Bosnier.«

Da ist er auch schon und hält ihr die Kräuterliste hin. Dann zwirbelt er den Schnurrbart und mustert mich neugierig.

»Miner Mann isch leider nit do: Ar isch in Untersuchungshaft«, sagt Ma'm Anna.

Ich schaue sie verständnislos an. Sie aber lächelt, fast komplizenhaft, wie mir scheint:

»Ja, ar het geschtert mit e paar andere Biobüre OGM-Mais rüsgerisse. Ihr wisse jo, was des isch: genetisch modifizierti Pflanze. Die welle uns ganz vergifte! Doch, exküsiere, Mösjö, verstehn Ihr Elsassisch?«

»Ich spreche es zwar nicht, aber ich verstehe es.«

»Ich kann auch e bissel Hochdeutsch. Mein Mann aber,

der Schilles, der kanns aus'm Effeff! Des müssten'r heere, wie der's babbelt!«

»Machen sie sich keine Sorgen um ihn?«

»Nää! Sie werde ne bal widder läufe lon, sonscht gibts Krawall! Gall, Mehmed? D'r Mehmed het äu mitgewellt, awer mir han ne nit gelon, als Üslander hätte se ihne sofort mit Fräu un Kind üsem Land expulsiert! In de Fliejer mit ne, dort anne wo de Pfaffer wachst!«

»Nää«, sagt der Mehmed und feixt dabei, »nit mit Kind! Ohne Kind! Kind in Frankrich gebore, also nix mehr bosnisch wie Papa un Mama, Kind darf do bleibe, au wenn Mehmed un seine Frau zrück nach Srebrenica müsse, brrr!«

»So geht's also zu, hier?«, frag ich betroffen.

»So geht's ewerall zü, Mösjö, uf dere bucklige Walt, gall Mehmed?«

»Ja, Pananna, so un nit andersch«, sagt der Mehmed und grinst.

»Der säät immer widder Pana zü mir, ich bin doch ken bosnischi Pana! Bin uns säät mr Ma'm! Des sottsch doch wisse, wo dü schun Johre do bisch! Compris, Mehmed?«

»Compris, Mampananna.«

Sie lacht und sagt: »Dem isch nit ze halfe! Und Ihr, Mösjö, sind Ihr hier auf Visit?«

»Nein, ich will Land und Leute kennen lernen.«

»Da fange Ihr am beschte beim Babbe Schott an. Sähn Ihr de grosse Apfelbaum dort, dem Dorf zu? Heit isch schön Wetter, da hockt er drunter. Bring doch de Mösjö anne, Mehmed!«

»Der Babbaschott«, sagt auf dem Weg der stets grinsende Mehmed, »der hockt uf amerikanische Bombe! Ufpasse, dass nit platzt! Bum!«

So hat's angefangen.

III
Schilles

Nach dem Besuch im Apfelbaumfabelland musste ich unbedingt in die Wirklichkeit zurück, also zu Ma'm Anna und dem grinsenden Mehmed.

Am Tisch vor dem Bauernhaus sitzen die zwei, die Arme verschränkt, und hören gespannt einem Mann zu. Das muss der Bauer sein, sag ich mir. Haben sie ihn also laufen lassen?

»Du, Schilles, da kommt der Mösjö, wo zem Schotte-Babbe isch«, hör ich die Frau.

»Der Schilles steht auf: Bonjour Monsieur. Ich bin Gilbert Martz, genannt Schilles, der Mann der Anna hier«, sagt er lachend. »Und Sie? *Monsieur comment …?*«

»Sagen Sie doch einfach Professer, und lassen Sie das Monsieur weg, Schilles. Man hat Sie also laufen lassen?«

»Ja, das war so: Der Brigadierchef auf Französisch, ich auf Elsässisch. Ein Gendarm übersetzt:

Wie ich heiße? Wo ich wohne?

– Was welle Sie wisse?

Ich solle, *s'il vous plaît*, Französisch sprechen!

– Gern, awer nit grad hit.

Ich solle ja nicht frech werden.

– Ich hab halt so mini Daj: eine Daa Franzeesch, eine Daa Ditsch, eine Daa Elsassisch. Wissen'r, als Elsasser-Bio-Bür müess ich e geregelte Zitplan inhalte, müess mich äu ufs Watter instelle. Hit zem Beispiel ischs gewittrig, do funktioniert bi mir nur 's Elsassische.

Da platzt dem Chef der Kragen. Der Übersetzer versucht, ihn zu besänftigen. Ich gratulier diesem:

– Ihr kenne doch nit einfacher Schandarm bliwe, mit Ejere Sprochkenntnisse!

Dann sag ich zum Chef auf Französisch:

– Pardon, Sie können ja nichts dafür, Sie müssen halt jeden

Befehl ausführen, so tadelnswert er auch sein mag. Ich bitte Sie aber, meine menschenrechtlich begründete Weigerung, beim Verhör eine andere Sprache als meine Muttersprache zu verwenden, in Ihr Protokoll einzutragen.

Er war baff.

Dann nahm das Verhör seinen normalen französischsprachigen Gang auf, beidseitig mit kühler Höflichkeit, wobei ich bemerkte, dass der Chef unsere Hartnäckigkeit, diesen genetisch modifizierten Freilandversuch zu unterbinden, wenn nicht billige, so doch immerhin verstand.

– Sin mir jetz d'accord, Chef?, fragte ich ihn, nachdem ich das Protokoll verifiziert und unterschrieben hatte.

Nous sommes d'accord, antwortete er. Und der Schandarm brachte mir eine Tasse Kaffee.«

Ma'm Anna hält sich laut lachend den Bauch. Mehmed, obwohl er nicht alles verstanden hat, klatscht in die Hände: »*Bravo, dobro dobro*!« Ich sag: »*Chapeau*! Aber wo haben Sie denn Ihr exzellentes Deutsch her?«

»Ich hab die Bio-Agrikultur in Frankreich gelernt, in Baden, in der Pfalz und im Saarland verfeinert. Ich bin dann auch oft drüben und ich les ihre Veröffentlichungen. Und wenn ein Treffen ist hier im Kanton mit Deutschen, wer muss immer wieder übersetzen? Der Schilles! Ihr könnt doch noch a bissel Elsassisch, hab ich zu meinen Leuten gesagt, so lernt wenigstens die hochdeutschen technischen Ausdrücke! Aber das isch wie 'nem Ochs ins Horn gepfetzt!«

»Loss doch de Ochs in Rüeh, Schilles«, sagt Ma'm Anna und stellt einen Apfelkuchen auf den Tisch. Mehmed öffnet eine Flasche Apfelsaft und schenkt ein. »Alles von Schotts Apfelbaum?« »Ja«, sagen sie. Und der Bosnier fügt hinzu: »Dobro! Gut! Bombig!«

IV
Sara Doumé

Der Brief kam gestern an, handgeschrieben und zweispra-
chig: Elegant und klar scheint mir der französische Schrift-
zug zu sein, leichtfüßig und blumig der deutsche. Professer,
das sind doch Klischees!, sag ich mir. Hat sie diese Doktorandin Sara Doumé wie viele kultivierte Franzosen gewohn-
heitsmäßig in sich aufgenommen: hie elegante Klarheit, da
Romantik? Oder ist es einfach der Fluss der verschiedenen
sprachlichen Schriftzüge, der mich hier in die Irre führt? Ihr
Deutsch ist auf jeden Fall sehr korrekt, was mich wunderte,
denn weist ihr Name Doumé nicht auf eine afrikanische
Herkunft hin?

Sie habe von mir gehört. Ich solle mich sehr für dieses Land
Elsass interessieren. Was von mir darüber veröffentlicht
worden sei? Ob der Monsieur le Professeur vielleicht Zeit
habe, sie zu einem Gespräch zu empfangen? Sie schreibe an
einer Doktorarbeit über Identitätsprobleme in den europäi-
schen Grenzgebieten. Ihr Doktorvater lehre Deutsche Literatur in Paris. Sie sei durch Zufall auf meine Spur gestoßen,
dies durch einen sonderbaren Alten, der sich Papa Schott
nennt und, unter einem Apfelbaum sitzend, »lebendige«
Märchen erzählt. Ob ich mir einen Auszug aus der Auf-
zeichnung ihres Dialogs mit dem Alten anhören wolle?
  Was es nicht alles gibt!, sag ich mir: Wer hat diese Pariser
Doktorandin zu diesem schrulligen Babbe Schott geführt?
Wer oder was hat mich selber hingeführt?

Da sitzt sie nun mir gegenüber, diese Sara Doumé. Senegal-
braun, senegalschlank, das blauschwarze Haar zu Dreadlocks geflochten, Pariser Schick, aber ohne *Chichis*.
  »Ja, ich bin Senegalesin«, sagt sie. »Nun fragen Sie sich,
warum ich mich für die deutsche Sprache und Literatur in-

teressiere. Ich hab sogar ein paar Jahre in Saarbrücken studiert. Meine Urgroßmutter mütterlicherseits stammte aus Togo, das, wie Sie wissen, bis 1918 deutsche Kolonie war. Sie wurde als Vollwaise von einem Schweizer Pastorenehepaar großgezogen und verliebte sich so intensiv in die deutsche Sprache, dass diese Liebe in ihrer Nachkommenschaft zur Tradition wurde. An den Weihnachtsabenden, zum Beispiel, sogar als wir schon in Paris lebten, haben Mama und wir Kinder stets *Stille Nacht* gesungen, was meinen Papa nervte! Sie lächeln?«

»Ja, als Student in Edinburgh wurde ich mal am Heiligabend gebeten, zwei uralten Damen aus Togo dieses deutsche *carol* vorzusingen, und sie haben tiefgerührt mitgesummt ...

Aber kommen wir nun zu diesem Papa Schott. Haben Sie ihn becirct?«

»Lachen Sie nicht, ich war ganz in seinen Bann geraten. Er drückte sich zuerst in Französisch, dann in Deutsch aus, und dies, als wäre er ein *native speaker* in beiden Sprachen. Und wenn er manchmal ins Elsässische hineingeriet, so klang die Aussprache wie Musik, also nicht so breit und hart wie man es bei seinen Landsleuten hört. Ich sagte mir, das hätte eine Sprache für einen griechischen Rhapsoden sein können. Sie lachen schon wieder!«

»Pardon«, sag ich, »es war nur ein Lächeln. Aber eine Doktorandin sollte ... Ach was, das universitäre Sezieren überlasse man den Dozenten! Vergessen Sie für heute den Doktorvater und fahren Sie ruhig weiter, Sara.«

»Sein undefinierbares Lächeln, wie leise Ironie gepaart mit einer inneren Heiterkeit, dann das intensive Blau seines Blicks, Professer, ich bin ansonsten keine Schwärmerin, aber ich muss es gestehen: es fesselte mich. Ich dachte dabei an einen senegalesischen Griot, der unter dem Lebensbaum sitzend, die Fabel seines Landes erzählt ...«

»Ich kenne bereits einen Teil dieser Fabel, Sara. Ich bin nun gespannt auf den zweiten Teil.«

Sie schaltet das Diktafon ein.

V
Der Rhapsode

»Jeden Abend kommt eine leichte Ostbrise. Hörst du sie im Schilf, das meinen Baum umgürtet? Es ist als streichelten Jazzbesen das Fell der Trommel. Spürst du, wie sie mit deinen Dreadlocks spielt, sie um den Finger wickelt? Du bist fremdartig schön, wie meine Salomé es war.

Da denke ich an diese Griechin, die mich eines Morgens besuchte. Schön war auch sie, aber auf eine andere Art, denn sie kam aus einer anderen Zeit. Sie saß in meinem Baum und biss in einen Apfel, dann reichte sie ihn mir, sprach *Evoé!* und verschwand. War es eine Göttin? Nein, eher eine Muse.

Ich tippte auf Thalia, die Komödie, dann auf Melpomene, die Tragödie. Aber was hier passiert, ist es nicht eine Tragikomödie, also undefinierbar? Das konnte also nur Klio gewesen sein, die neutrale Muse der Geschichte. Ich biss in Klios Apfel: Er schmeckte wie Nektar.

Hör mein Gedicht zum Apfel:

Hàssi d waschpel / womi stecht / pàssi in d hànd / womi brecht / liëwi d zung / woni vergeh?«

Er bricht einen Apfel und reicht ihn mir. Er zergeht auf der Zunge, honigsüß, wie Nektar …

»Maidel, kennst du meine Geschichte? Vor Jahrtausenden kamen wir aus dem Osten hierher, der Sonne nach und vom Wind getragen: War es die Bise, war es die Brise, mal diese, mal jene? Wir vermischten uns mit den Ansässigen. Bis dann schubweise andere zu uns kamen, mal von Westen, mal von Osten, mit denen wir uns vermischten, sodass aus uns dieses sonderbare Volk wurde, das sich Elsässer nennt.

Dabei hat aber das Schicksal eine schwere Hand auf uns gelegt, das gewordene Dasein ermüdet und das Hoffen auf das Werdende gelähmt. Hör mein Gedicht dazu:

Die àlte daj verfülle / wie morschi baim / àm hüs verbreckle d sülle: / gebrocheni traim

Die Jazzbesen streicheln immer noch die Trommel, die Erlen dort drüben wiegen sich in leichtem Hüfttanz und die Brise spielt mit deinen Dreadlocks. Da weht sie mir einen verwirrenden Tagtraum zu: Was wär, wenn diesmal nach Osten und Westen, dem Klimawandel folgend, nun der Süden zu uns käme und uns eine letzte Vermischung anböte? Während ich dich so betrachte, sag ich mir, das wäre vielleicht die verlockendste, die geglückteste aller unserer Vermischungen. Würdet ihr aber unsere Eigenart bereichern oder sie auslöschen? Das ist die Frage. Doch, unter uns gesagt: Ich würde deine Dreadlocks unserer elsässischen Trachtenhaube vorziehen!

Was meint meine schwarze Klio dazu? Und was wird dein Doktorvater denken: Der ist nicht bei Troste! Bei uns sagt man: Der hat ebs am Schwimmer!

So, ich geh jetzt für meine Salomé Herbstzeitlosen pflücken, die letzte blühende Zartheit vor der kalten Zeit. Und hör mein Gedicht zum Abschied:

Lisi bris / wallezwis / se traat wit furt / wàs kummt un wàs wurd / so rischelt alles verbii / nurre s liëwe saat: ich blii / Salomé«

Er lächelt versonnen und steht auf. Ich sag mit gebrochener Stimme: »Merci, cher papa Schott«, küsse ihn auf die Stirn und eile weg. Als ich mich nochmals umdrehe, sehe ich seine grüne Wollmütze zwischen den blaugrauen Schilfbärten verschwinden …

Hass ich die Wespe / die mich sticht / pass ich in die Hand / die mich bricht / lieb ich die Zunge / auf der ich zergeh? – Die alten Tage verfaulen wie morsche Bäume / am Haus zerbröckeln die Säulen: zerbrochene Träume – Leise Brise / wellenweise / sie trägt weit fort / was kommt und was wird / so räuschelt alles vorbei / nur die Liebe sagt:/ ich bleib / Salome

VI
Gemeinderatssitzung

»Ihr komme grad richtig, Professer, villicht kenne Ihr helfe«, sagt Ma'm Anna, aufs Äußerste erregt. Mehmeds Frau dreht sich wie ein Kreisel und der neunjährige Alen ballt die Faust.

»Jäschte nit so erum wie ufgscheuchte Hühner!«, versucht der Schilles sie zu beruhigen. Und sich an mich wendend: »Sie han den Mehmed eing'sperrt. Das bosnische Kamel isch bi Morgegraue am Zün vom Versuchsgelände auf un nab, wie wenn er e Loch zum Neinschlüpfe g'sucht hätt. Natürlich han se aufgepasst und ihn g'schnappt.«

Unser Schilles ist selber so aufgeregt, dass er dabei Hochdeutsch und Dialekt wie mit einer Mistgabel durcheinanderschüttelt.

»Ich war auf der Schandarmerie, hab ihn g'fragt: Du Rhinozeross, was hasch denn dort g'sucht? Er hat nurre gugge wolle, sagt er.

Gehn'r mit, Professer? Uf de *Mairerie* kommt de Gemeinerot zamme. Wenn se uns nit ninlosse, schlag i Krach! Ihr Wiwer, bliwe do, un heere uf, so e Theater ze mache!«

Vor dem Rathaus stehen Dorfbewohner herum, die sich fast in die Haare kriegen. Die einen brüllen: Der Schlawiner g'heert üs'm Land nüs! Die anderen: Er het jo nix getan!

Wir werden in den Rathaussaal hineingelassen. Da geht's auch laut zu, mal auf Elsässerfranzösisch, mal auf Elsässerdeutsch, mal beides im selben Satz gemischt.

Die einen steigen dem schweigenden *Maire* aufs Dach, andere holen sie wieder herunter. Den sich auf sein hohes Ross schwingenden Maisgroßbauer aber läßt man respektvoll donnern. Der Lärmpegel steht so hoch, dass ich nur das Wesentlichste in dieser hitzigen Auseinandersetzung mitbekomme, zum Beispiel:

– Zuerst hat man die Türken reingelassen, dann diese da!

– Gegen die Türken, hab ich nichts. Die Türken sind ein zivilisiertes Volk! Und sind schaffig!

– Diese Zigeuner aus Bosnien aber, da steht immer wieder was in der Zeitung!

– Mir han sie mol nachts de Traktor g'stohle, und wo hat mr ne g'funde? An de Gränz zwische Bosnie unem Kosovo! Und ich frag mich: Wer hat dene de Tip gän, wo e Traktor ohne Ufsähns ze hole isch?

– Was han ihr denn gegen de Mehmed? Der tut doch keinere Muck was! Un sini Fatma? So e freundliches Madämel!

– Mit Kopftuch! Wenn ich in d' Stadt komm und all die Kopftücher seh, geht mir's Messer im Sack auf!

– Warum läufsch du äu mitme Messer in de Stadt erum!

– Ich sag, die g'höre nit hierher. Mir rede andersch, esse andersch, bete andersch!

– Tusch du denn iwerhaupt bete? Ich hab dich schon lang nimeh in de Kirich g'sähn!

– Mir geht's um den Mais! Die Pestizide kommen mir zu teuer zu stehen. Deshalb bin ich für den OGM-Mais, und wer dagegen ist, der ist entweder ein Saboteur oder ein Idiot!

»Jetzt reicht's!« Der *Maire* haut auf den Tisch: »Ich brülle nicht rum, ich handle! Primo: Es ist Sache der Gendarmerie, zu klären, ob diesen Mehmed wirklich nur die Neugier an den Zaun getrieben hat. Secundo: Ihr wisst, dass übermorgen der zuständige Minister in der Gegend sein wird. Ich hab bereits wegen der Sache um eine Audienz gebeten und sie erhalten. So, die Sitzung ist geschlossen, Messieurs!«

Ah!? sagen sie alle und öffnen ganz groß den Mund. Das sieht aus wie eine Reihe nach Köder schnappender Karpfenmäuler.

VII
Mehmed und der Minister

Bericht über die Anhörung des Bosniers Mehmed S. in Sachen Abschiebung, durchgeführt von *Monsieur le Ministre N.N.* (Name unwichtig, weil Betreffender sich bereits auf einem politischen Schleudersitz befindet.) Federführend und dolmetschend: Prof. XXL. (Name auch unwichtig, aus angeblicher Bescheidenheit.):

Der Minister nickt dem Mehmed mit einer vorwurfsvollen Miene zu und spricht:

»Wie *Monsieur le Maire* sagt, sind Sie ein tüchtiger Mann, der da mal eine Dummheit gemacht hat. Sie haben eine Arbeitsbewilligung, bezahlen die Steuern, sind in der Krankenkasse, soweit ist alles gut. Aber Ihre Aufenthaltsgenehmigung ist seit zwei Jahren verfallen. Und warum sprechen Sie immer noch nicht Französisch? Die Marseillaise können Sie auch nicht singen? Also müssen Sie abgeschoben werden.«

Mehmed: Und wohin Mehmed expulsiert?
Minister: Ei nach Bosnien.
Mehmed: Frau Esma auch?
Minister: Sind Sie eigentlich verheiratet?
Mehmed: Ja, vor Imam.
Minister: Das gilt staatsrechtlich leider nicht. Sie ist aus Kosovo, nicht? Also muss sie ins Kosovo abgeschoben werden.
Mehmed: Kann die Frau nit au nach Bosna gehn?
Minister: Nein, Bosnien wird sie nicht aufnehmen.
Mehmed: Oder Mehmed nach Kosovo?
Minister: Nein, geht nicht, aus demselben Grund, nur umgekehrt.
Mehmed: Und Kind Alen?

Minister: Das Kind können entweder Sie oder Ihre Frau mitnehmen.

Mehmed: Geht nit: Kind ist Franzos. In Frankrich gebore. Kann Marseillaise singen.

Minister: Ach ja. Das Kind kann also hier bleiben. Man wird sich um es kümmern.

Mehmed: Geht nit. Kind muss bei Eltern bleibe.

Minister: Dann müssen wir halt eine Ausnahme machen. Wir schieben aber nicht gern ein französisches Kind ab.

Mehmed: Gibts Geld dann für Mehmed und Frau und Kind?

Minister: Selbstverständlich.

Mehmed: Dann, Mösjö Minischter, gehn mir gern. Ich nach Bosna, die Esma mit Bub Alen nach Kosovo.

Minister: Sie sind vernünftig. Wir hätten Sie aber gern behalten, weil ihr Leumund gut ist.

Mehmed: Dürfe mir also wieder zrückkomme, Mösjö Minischter?

Minister: Ja, aber nur mit Touristenvisum, mit begrenzter Aufenthaltszeit.

Mehmed: Mösjö Minischter, Tourismus hin un Tourismus zrück, isch das nit prima! Mir nehme also an. Alle drei. Das sin dann Ferien für Familie. Wann dürfe mir fahre? Am Liebschte aber fliege. Do wird sich Bub Alen freue!

Minister: Wenn aber Ihr Visum abgelaufen ist, muss ich Sie nochmals abschieben, Mann!

Mehmed: Bis dann isch ander Minischter da. Bis der uns kennt, schaffe mir zwei Johr bim Martz un dann gibts wieder Ferien, mit Geld vom neue Mösjö Minischter.

Der Minister schüttelt wütend den Kopf und eilt hinaus, ohne sich zu verabschieden. Der Maire ist ganz verdattert. Der Gemeinderat sperrt die Karpfenmäuler auf. Der Schilles lacht aus vollem Hals und der grinsende Bosnier sagt: »Minischter macht Selbschtgool, Mehmed gewinnt Match! Hip hip hip hurra!«

VIII
Ins Spritzehüs!

»Versteck ich mich unter einem Blätterdach und hinter einem Schilfwall? Hört mein Ohr nur noch Amsellockruf und Hornissensurren und abends die große Stille? Muss ich mir sagen: Was hockst du da, antiker von Holzwurmkanälen durchlöcherter Kasten, und sinnst ins Leere? Ja, das wärs, alter Kasper, für den man dich, manchmal mit Recht, hält! Schüttle den Kopf nicht, Professer! Und dann sag ich mir: Danke Gott und danke ab, es wär an der Zeit. Aber leider hab ich im Ohr so was wie eine Pumpe, die den Lärm der Welt aufsaugt, den ich dann seihen muss, ob ich etwaige Goldkörnle finde, aber meistens sind es nur taube Nüsse. Jetzt meinst du wohl, der hat nur Schrullen im Kopf, das sind nur Narrenpossen.«

»Nein, sag ich, »ich verstehe Sie wohl.«

»Sag doch du zu mir«, brummt er, »wir haben ja denselben Tick. Der Unterschied zwischen uns zwei Alten aber ist, dass ich unter einem Apfelbaum hocke und lebendige Märle erzähle und du, allein durch dein Zugucken, unsere Leute in Bewegung setzt. Doch wisse: Ich verfolge schon lange deine Spur, du bist mir also kein Unbekannter. Wenn ich drüber nachdenke, finde ich, dass wir uns irgendwie ergänzen, oder nicht? Nur scheint mir dein Zugucken manchmal zu professorenhaft zu sein. Es fehlt dir die Einsicht in die Seelen. Wie in der Mehmed-Affäre.«

»Wieso, Schott?«

»Du hast nicht erfasst, was in diesem Menschen vor sich geht. Du hast deinen Bericht wie eine Kabarettszene verfasst. Der Bosnier hat seine Komödiantenrolle allerdings gut gespielt. Das war aber nur zum Schein. In seinem Inneren blutete es. Vor einer Stunde hat ihn Schilles mit deinem Bericht hergeschickt …

Babbaschott, sagte er, ich hab Heimweh. Und meine Frau

hat Heimweh. Wir werden krank vor lauter Heimweh. Und das macht mir Angst. Kann Heimwehhaben Angst machen, sag, Babbaschott? Denn ich kann nicht mehr heim. Nie mehr Srebrenica. Wo sie den Papa und die Mama gemartert haben. Dann blutet das Herz, wenn ich ins Haus geh, wo sie ... Wenn ich auf dem Weg geh, wo sie ... Wenn ich am Bach vorbeikomm, wo sie ... Solang ich leb ... Ich müsst hassen, ich müsst hassen lernen, denn ich kann nicht hassen und sollte es doch. Und ich könnt dort nicht beten: *Allahu akbar* du Allerbarmer. Hier kann ich's. Kannsch du das alles verstehn, Babbaschott, kanns die gute Mamanna verstehn, kanns der Schilles?

Ja, so ungefähr hat er seinen Schmerz ausgedrückt, Professer ... Dann lachte er wieder und sprach: Ich hab de Minischter ganz scheen ins Spritzehüs g'steckt, gell, Babbaschott!«

»Ins Spritzenhaus gesteckt?« frag ich verständnislos.

»Wenn in den alten Zeiten einer bei einer bösen Sache ertappt wurde, steckte man ihn ins alte Spritzenhaus, bis die Schandarmen kamen, um ihn abzuholen. Wir hatten hier einen Superpatrioten, der, als im Januar '45 eine letzte Hitler-Offensive die Waffen-SS in Dorfnähe brachte, uns im Stich ließ und über die Vogesen abhaute, und, als das Dorf nicht mehr bedroht war, zurückkam und große hurrapatriotische Sprüche klopfte. Wir haben ihn dann kurzerhand für einen Tag bei Wasser und Brot ins Spritzehüs eingesperrt. Und seither, wenn im Dorf jemand Unbehagen verbreitet, sagt man einfach: Der g'hört ins Spritzehüs!«

»Da gehörte ich eigentlich auch hin, Schott«, sag ich etwas beschämt.

Er lacht: »Diese Strafe kannst du auch bei mir absitzen! Doch hör mein Gedicht für uns zwei:

Sehsch unsri zit vergehn / wo s lawe isch gewan / wie starnespritzer wo / sich àm himmel zaije

Doch lonis ànnestehn / mitnànd ins morje sahn / wann vrlescht se no / nin ins geschtert keje

Sieh unsre Zeit vergehn / die mal das Leben war / wie Sternschnuppen die / sich am Himmel zeigen / Doch lasst uns hinstehn / zusammen ins Morgen sehn / wenn verlöscht sie dann / hinein ins Gestern fallen

IX
Am Rheinufer

»Ich bin geborene Französin«, sagt sie, »kann also nicht abgeschoben werden. Ich verspüre mir gegenüber in diesem Land keinen Fremdenhass. Man hat mich sogar schon ein paarmal mit einer berühmten Leichtathletin aus Martinique verwechselt. Lachen Sie nicht, Professer, ich war es wirklich einige Jahre, zwar in einem Studentensportklub, 800 Meterlauf! *La Gazelle* wurde ich vom Trainer genannt! Mein Freund aus der Goldküste spielt Basketball, im selben Verein. So mag man uns Schwarze.

Als ich das dem Babbaschott erzählte, meinte er mit leiser Ironie: Ich spitze die Sache zu: Du könntest auch eine Gospelsängerin sein, die Stimme hättest du dazu, Sara, und die Dreadlocks! Vielleicht schreib ich dir dann einen elsässischen Gospeltext?

Chiche, antwortete ich, wetten dass?!

Nein, meinte er, das war nur zum Spaß. Du hast eine andere Aufgabe.

Ich bin gerne Französin, Professer. Aber bin ich nur das? Senegal ist meine Traumheimat, sowie Togo. Und da hab ich noch eine Wahlheimat: die deutsche Kultur. Sonderbar, dieses Neben- und Bei- und Ineinander, wie bringt man das alles unter einen Hut, wird man sich nun fragen. Meine Antwort ist: Einfach so. Man lernt Sprachen, Französisch, Fulbe, Deutsch so intensiv, dass sie zur kulturellen Heimat werden und die persönliche Identität aufbauen.«

Wir sitzen am Rheinufer auf einer Bank. Der Strom fließt unaufhaltsam dahin.

»Früher tanzten Fetzen von gehässigen Schlagwörtern und patriotischen Gesängen auf seinen Kräuselungen, die von Wirbeln verschluckt wurden und in der Nordsee ausgespuckt«, sag ich zu Sara. »Nun lasst uns von einer flaumleichten, heiteren Zukunft träumen ...«

»Ja, lieber Professer, nur ist die Grenze immer noch da.«

»Grenze muss sein, Sara, ein Hag zwischen zwei Gärten. Man tauscht mal Tomaten gegen Salat aus, aber ein jeder weiß, wo er hinzugehören hat.«

»Okay, Professer, ein jeder kauft beim anderen ein, was billiger ist als bei ihm, aber interessiert er sich für die Geschichte des Gartennachbarn, für seine Kultur? Für seine Literatur und Philosophie vielleicht, doch nur in Übersetzung, aber ›traduttore, traditore‹! Lerne die Sprache deines Nachbarn, hört man oft. Ein ostdeutscher Dichter aber sagte zu mir: Was soll ich mit Polnisch anfangen? Ein pfälzischer Lehrer: Verlangen Sie von uns die Verwelschung unserer Heimat? Doch es gab dann auch den lachenden Saarländer: Sind wir nicht Saarfranzosen! Und den Badener: Wir lernen Französisch in der Grundschule!«

»Du vergisst das Elsass, Sara.«

»Babbaschott erzählte mir gestern Folgendes: Warst du mal im Frühsommer in den Alpen, Sara? Im Tal die Blumenpracht, auf den Bergen die Schneelast. Dann und wann löst sich wohl eine Schneemasse, sie wird aber von festen Zäunen aufgehalten. Das Elsass gleicht so einem Tal, vom Berg aber rutscht immer wieder eine Lawine bis hinunter in die Blumenwiese. Man versucht wohl, durch Staketen den Rutsch aufzuhalten, manchmal gelingt es, oft aber nicht. Und auf dieser Blumenwiese möchten doch zwei der schönsten Sprachen der Welt Hochzeit halten! Der einsprachige Staat aber meint, das sei naturwidrig. Einsprachige können nämlich nicht begreifen, dass man in zwei Sprachen zugleich denken, sprechen, beten, leben kann ... Du, (schalkhaftes Augenblinzeln!) so wie wir früher Missionare, die Weißen Väter, zu euch hinüberschickten, könnten wir

161

nicht unsere schwarze Schwester als Kulturmissionarin nach Paris aussenden, mit dem Auftrag, die Uneinsichtigen dort zur Vernunft zu bekehren?«

Ein Containerschiff wirft uns hüpfende Wellenkämme ans Ufer. Es scheint, als schüttle sich der Rhein vor Lachen, so wie wir beide es tun.

X
Apfelmost, naturtrüb

Eine Woche später: Wir sitzen alle am Tisch vor dem Haus, auch die Esma mit dem verträumten Blick und der quirlige Alen, essen Apfeltorte und trinken Apfelmost, naturtrüb.

»Wie jeden Tag«, lacht Ma'm Anna, »bis Babbaschotts Baum leer ist!«

»Wie geht es ihm eigentlich? Ich sollte ihn doch nochmal besuchen.«

»Er schwärmt von seiner schwarzen Gazelle«, sagt Schilles, »er ...«

»Babbaschott nit üslache«, unterbricht Mehmed. Er sagt: »Mensch Adam isch von Süden komme. Un er sagt: Alles was von Anderland kommt, bringt Anderes mit, was mir do nit kenne. Un er babbelt au gern mit Mehmed, Esma un Alen.«

»In welcher Sprache?«, frag ich.

»International«, antwortet Mehmed. eine spassige Grimasse schneidend.

»Aber was vom Norden in den Süden gebracht wird, ist auch nicht schlecht, Professer«, sagt Schilles. »Ich fahr nämlich nächstens, mit Mehmed als Dolmetscher, nach Sarajevo: Kontaktaufnahme mit bosnischen Biobauern. Die Aufenthaltsgenehmigung für seine Familie ist verlängert worden. Ja, Professer, hier muss man nur wissen, wo man anzuklopfen hat!«

»Und Ihr Verfahren, Schilles?«

»Auf einen unbestimmten Zeitpunkt verschoben. Es wird wahrscheinlich eine Strafaussetzung mit Bewährung und Schadenersatzpflicht geben, wie üblich bei solchen Fällen. Das Versuchsgelände ist in einen anderen Kreis verlegt worden. Wenns soweit ist, wird nächstes Jahr auch dort wieder alles rausgerissen!«

Mehmed klatscht in die Hände: »*Dobro, dobro*!«

»Du blibsch aber diesmol schön brav, Mehmed«, warnt ihn die Mamanna.

»Aber der Mehmed isch doch jetz au Elsasser! Bosnischer Elsasser! Oder elsassischer Bosnier?«

»Z'eerscht awer muesch e Franzos were«, sagt Ma'm Anna.

»Lass es, Anna«, sagt der Schilles, »dü bringsch ne durchenander! Eines Tags werden sie wieder nach Bosnien zurückkehren, gell Esma, gell Alen, *retour en Bosnie?*«

Esma schweigt. Aber Alen klopft auf den Tisch: »*Non!*«

Wir sind alle betroffen ... Esma wischt sich Tränen aus den Augen.

Mehmed, steht auf und sagt: »Kommt so, kommt andersch: *Inch' Allah!* So, ich geh jetzt zu Babbaschott! Darf ich e Flasche Apfelmost mitnehme?«

»Der Schotte-Babbe, das müssen Sie wissen, Professer, wurde im Krieg wie alle jungen Elsässer in die Wehrmacht gepresst und schließlich in Jugoslawien eingesetzt. Weil er dort immer wieder versuchte, mit den Leuten einen freundschaftlichen Kontakt aufzunehmen, wurde er in ein sogenanntes Himmelfahrtskommando versetzt. Beim Minenräumen wurde er schwer verwundet. Es war während des Genesungsurlaubs hier im Dorf, als dieser amerikanische Bomber abstürzte. Dann versteckte er sich irgendwo im Bergwald bis Kriegsende. Er studierte, wurde Professor, ich weiß nicht von was, und viele Jahre später zog er weg, raten Sie wohin ... nach Nahost. Von dort brachte er eine aparte jüngere Frau mit. Sie kamen jahrelang im Frühjahr und im Herbst hierher, mit dem Landbus täglich hin und zurück. Dann kam er allein. Ja ... Er ist ein sonderbarer Mensch, ein Träumer, ein Fabulierer, der aber auch humorvoll sein kann. Er verfolgt alles, was hier und in der Welt passiert. Er macht sich besonders Sorgen um die Zukunft unserer Heimat. Wir lieben ihn sehr. Ja.«

»Und die Bombe, Schilles?«

»Kann sein, dass es stimmt, kann auch nicht sein. Kommen Sie mal wieder vorbei, Professer?«

»Kann sein, kann auch nicht sein, wie es der Zufall will, lieber Freund.«

XI
Die Bombe

Wochen sind vorbeigegangen, die letzten Herbsttage stehen nackt in der Landschaft. Sind der Schilles und sein Mehmed wieder aus Sarajevo zurück? Sitzt der Babbaschott immer noch unter seinem Baum? Ich muss hin.

Die Parzelle ist wie von Wildsäuen aufgewühlt. In der Mitte steht der alte, arg zugerichtete Baum. Drunter sitzt der Babbaschott auf seiner Bank.

»Sie waren da«, sagt er, »man hat mir's endlich geglaubt, dass hier eine Bombe gefallen war. Ihre Messapparate haben sie auch orten können, zehn Meter tief im Grundwasser, das sie ausschöpfen mussten. Sie waren mit einem riesigen Kran gekommen, der den Alten aus dem Boden gehoben hat und ins Schilf gelegt. Uns haben sie dann weggeschickt ins Dorf. Als die Bombe weggebracht war und das Loch zugeschüttet, durften wir wieder zurück. Der Baum sollte dann zersägt werden, der Schilles aber hat gewettert: Der Baum kommt wieder an seinen angestammten Platz! Mit sei'm kleinen Bagger hat man dann die Grube ausgehoben und der Kran hat den Alten sanft hineingesetzt. Er steht wohl ein bisschen schief, aber das bin ich ja auch… Du, und eine Basaltspitze lugte aus dem Lehm: der Faustkeil!

Die Bombe? Sie war noch wie neu, 500 Kilo schwer, 1,30 lang und 40 cm breit. Sechzig Jahre lang hab ich über sie gewacht. Und immer wieder hab ich mir gesagt: Sie hat sich geweigert, den Bauernhof zu zerstören und solange wir da sind, wird sie ruhig bleiben. Hör das Gedicht, das ich dazu schrieb:

Màch nie wàs mr màche sott / im kriej isch s bescht, mr desertiert
  versteckels speele unscheniert / wie d bumb un wie de Babbaschott«

»Und nun, Schott, wie geht's weiter?«

»Ich weiß es nicht, wird das Wurzelgeflecht wieder Nahrung aufnehmen können? Vielleicht werd auch ich bald ausgehoben und weggebracht. Zu meiner Salomé ... Ich hatte sie während des Besuchs des Felsenklosters *Mar Saba* bei Jerusalem kennengelernt. Wir kamen jedes Jahr zweimal hierher, im März, um das alte Schilf zu mähen, und im Herbst wegen der Äpfel. Sie war glücklich, hier. Abends saßen wir unterm Baum und sie summte arabische Melodien ...

Du denkst jetzt an Sara, Professer. Sie hätte unsere Enkelin sein können. Du fragst dich, ob ich nicht einen exotischen Fimmel habe! Weit gefehlt! Ich liebe einfach Menschen, die suchen. Ich suche nach Menschen, die lieben, und nach solchen, die eine gesunde Lebensfreude ausstrahlen, wie Ma'm Anna, oder die sich nicht unterwerfen, wie ihr Schilles. Egal woher sie kommen ... Und ich fand Salomé, die Christin, die sich vergebens nach einer befriedeten Heimat sehnte...

Übrigens: Ich hab die Parzelle mit dem Apfelbaum dem Mehmed vermacht.

Du sagst nichts, Freund. Ich verstehe. Grüß mir deine, meine, unsere Sara. Ich werd Salomé von dir grüßen. *Salam. Shalom.* Und hör ein letztes Gedichtle:

Lüej / de owed het roti saim / heer / de wind raitzelt in de baim / spier / d wärme von de letschte traim«

Ich stehe auf und schreite langsam, wie abwesend, die verwüstete Parzelle ab. Der Lehm klebt schwer an den Sohlen. Da weht mir die Brise ein fremdartiges, kaum vernehmbares Summen zu. Ich drehe mich um: Der Stuhl ist leer.

Auf dem Stuhl liegt der Faustkeil aus Basalt.

Ich stecke ihn in die Manteltasche.

*Tu' nie, was man tun sollte / das Best' im Krieg: man desertiert / das Versteckspiel
ungeniert / der Bombe und des Babbaschott
Schau / der Abend hat rote Säume / hör / der Wind wiegt sich in den Bäumen / spür /
die Wärme der letzten Träume)*

XII
Salomé

Auf dem Tisch liegt ein Brief von Sara, ohne Absender, ohne Marke und Poststempel. Hatte ich ihr meine Adresse angegeben? Er ist französisch verfasst. Ich übersetze mental ins Deutsche und höre dabei ihre Stimme gleichzeitig in beiden Sprachen klingen. Nein: singen. Im Französischen vibriert hauchdünn afrikanische Sprachmelodie, im Deutschen, französische.

Meine junge Kollegin in Schwarz: wir zwei Auswärtigen, nach dem Versuch das Rätsel Elsass zu lösen, im letzten Dialog nun?
   Nein, sie wolle mir nur die Gelegenheit bieten, einiges noch zu verdeutlichen. Ihre Handschrift solle aber besonders als Zeichen ihrer Zuneigung zum Babba Professer verstanden werden.

(Zuerst hoffe sie, dass ich in guter Verfassung sei …)
   – Es hat sich in mir eine große, wärmende Stille eingestellt, Sara.
   (Wie ich das gesammelte Material zu verwenden gedenke …)
   – Das wäre dann nur Stückwerk, Sara. Die zu schnelle Zeit trägt alles weit fort, was kommt und was wird, so ungefähr sagte es Schott. Du bist jung, du kannst das Tempo einhalten, Gazelle! Und sowieso war ich nur neutraler Beobachter, Zugucker, wie Schott es formulierte. Du aber erlebst tief in dir die Diversität.
   (Ob ich vorhabe, noch einmal hinzufahren …)
   – Nein, Sara. Das wäre indiskret, zu neugierig. Und man soll nicht nachhaken. Sie bleiben in meiner Erinnerung lebendig, ich in ihrer. Du denkst sicher genauso, was uns beide anbelangt.

(Sie hätte gern mehr über diese Salomé erfahren ...)

– Ich weiß nur, was Ma'm Anna mir erzählte: Schott hat nicht oft von ihr gesprochen, nur dass sie eine christliche Palästinenserin war. Von dort brachte er sie mit. Sie ist vor einigen Jahren verschieden. Kennen Sie dieses uralte Kirchlein, das eine Viertelstunde von hier einsam zwischen den Feldern steht? Dorthin geht er oft und legt ein paar Blumen hin. Einmal, er hatte Beinschmerzen, bat er Mehmed, ihn mit dem Traktor hinzufahren. Zu Salomé, sagte er. Und Mehmed erklärte uns: Pana Salomé isch aus Anderland ganz unte komme und isch jetzt in Anderland ganz drobe! – Alles andere, Sara, überlassen wir Schotts Geheimnis.

(Sie erinnere sich, dass ich in einem unserer Gespräche von einer anderen Salomé gesprochen habe ...)

– Das liegt nun über zwanzig Jahre zurück. Sie nannte sich elsässisch Sälmel, war eine einfache alte Frau mit einer erstaunlich gesunden Lebensphilosophie, dank derer sie die böse Zeit durchstand. Für sie gab's sicher auch ein »Anderland dort oben«.

(Ob ich nicht auch finde, dass manchmal unsichtbare geistige Verbindungsfäden, von einer Generation zur anderen gesponnen, sie und mich herangezogen hätten, sie leider zu spät, obwohl sie so manches erahnt habe ...)

– Ja. Und so erfuhr ich als »Professer«, am Beispiel dieser Generationenfolge, hundert Jahre elsässischen Erlebens. Dann kamst du, mit deiner eigenen Erfahrung und deiner Feinfühligkeit. Wir waren beide, Sara, in einem Land, das sich sucht, sich vergisst, sich wieder sucht und sich vielleicht eines Tags finden wird: Im Zwei-Seelen-Land ...

Ich umarme Sie, Professer, *je vous embrasse*. Sara.

Schlusswort

Mein Nachtwind weht mir ein Stimmengewirr zu:

»Sieh, die Herbstzeitlose hebt ihren Kelch ins Licht, noch ist nicht Winter«, hör ich heraus.

War das Mutter Sälmel?

Dann eine gutturale Stimme:

»Siehst du die Malven sich im Windhauch wiegen? Weder Rose noch Lilie, aber ungekünstelt, unbeirrt und frei setzen sie ihre lila Inseln in die banalisierte Wiese.«

O Franzepp!, sag ich.

Und die niedliche Marokkanerin: »Auf dem Nachttischchen lag ein Zettel des alten Tsigan, drauf hatte er einen Stern gemalt und drunter geschrieben: Aïcha.«

»Frauen sind Hoffnungsträgerinnen, vergessen Sie es nicht!«

Ja, Léa, sag ich.

Und, ganz deutlich, mit dem typischen bosnischen Akzent:

»Bombe ist weg, der elsässische Apfelbaum kann wieder blühen. Der Schilles und Mehmed werden dafür sorgen.«

Dann Stille ...

Ja wo ist Malva? frag ich.

Babbaschott antwortet: »Sag ihr, wie ich's zu meiner Salomé tu':

Es rischelt àlles verbii / nurre s liewe saat: ich blii.«

Und von Beckers Orgel fließt, fast unhörbar, das Andante zu *Auld Lang Syne* ...

(Es räuschelt alles vorbei / nur die Liebe sagt: ich bleib)

Anhang

Das Elsass / l'Alsace: kurzer Überblick
Fläche: 8 280 km², Einwohnerzahl: 1 800 000.

Die Geschichte

Bis 1648: Das Elsass gehört zum Heiligen Römischen Reich
Deutscher Nation.

1648-1681: Das während des Dreißigjährigen Kriegs verwüstete und zum Teil entvölkerte Elsass gerät unter französische Oberhoheit.

18., 19. Jahrh.: Langsame aber progressive politische, wirt-
schaftliche und kulturelle Anpassung an Frankreich.

1871: Im Friedensvertrag von Frankfurt a/M wird das ge-
schlagene Frankreich gezwungen, das Elsass und Nord-
ostlothringen, gegen den Willen der Bevölkerung, an das
Deutsche Reich abzutreten.

Verwaltungs- und Schulsprache: Deutsch.

1911: Das Reich gesteht dem Reichsland Elsass-Lothringen
eine Teilautonomie zu.

1914-1918: Militärdiktatur im Reichsland, repressive Maß-
nahmen gegen frankophile Elsass-Lothringer.

1918: Elsass-Lothringen wird wieder französisch. 112 000
eingewanderte Deutsche und deutschgesinnte Elsass-Lothringer werden ausgewiesen.

Umschulung des Lehrpersonals. Verwaltungs- und Schulsprache: Französisch.

1920: Beginn der Reaktion gegen die französische Assimilierungspolitik. Die Regierung muss schließlich Zuge-
ständnisse machen, u. a.: ein paar Stunden Deutschunterricht in der Grundschule.

1940-1945: NS-Gewaltherrschaft im Elsass und Nordost-
lothringen. Brutale Umschulung, Ausmerzung alles Französischen. 1940: Errichtung des Sicherungslagers Schirmeck

für renitente Elsässer, 1941: des KZs Struthof. Bilanz: 145 000 Elsässer und Lothringer nach Frankreich ausgewiesen, 27 000 ins Altreich und nach Polen umgesiedelt, 20 000 Internierte und Deportierte, 140 000 Zwangseingezogene, davon 43 000 gefallen oder vermisst.
Nov. 1944 – März 1945: Befreiung durch amerikanische und französische Truppen nach erbitterten Kämpfen.

Die Sprachen

Die angestammte Sprache der Elsässer ist das so genannte Elsässerditsch: Fränkisch im Nord- und Nordweststreifen, Alemannisch im übrigen Elsass.

Hochdeutsch war geläufige Schriftsprache bis Ende des Ersten Weltkriegs, dann, neben Französisch, bis Mitte des 20. Jahrhunderts.

Französisch ist heute allgemeine Umgangs- und Schriftsprache.

Man schätzt, dass 1/3 der Einwohner die Mundart als erste oder zweite Umgangssprache benutzen. Bei den Jugendlichen allerdings ist die Zahl der Dialektsprecher auf ungefähr 10% herabgesunken.

Die Schuljugend wurde bis Anfang der achtziger Jahre systematisch ihrer angestammten Sprache und Kultur entfremdet. Die Bevölkerung und die Regionalpolitiker reagierten nur schwach, denn die Schockwirkung der Nazizeit saß noch zu tief.

Die deutsche Sprache ist heute nicht mehr verfehmt und wird voll akzeptiert. Der 1945 abgeschaffte Deutschunterricht in der Grundschule (3 Stunden) ist wieder eingeführt worden, allerdings mit unterschiedlichen Ergebnissen. In den Sekundarstufen sind es an die 70% der Schüler/innen die Deutsch lernen, als erste oder zweite Fremdsprache. Aber nur 12% (26 000) besuchen die paritären zweisprachigen Klassen (wöchentlich 12 Stunden in Französisch und 12 Stunden in Deutsch) von der Vorschule bis zur Reifeprüfung und werden so zu einer effektiven Zweisprachigkeit geführt. (Stand 2011)

Ein von der Region Elsass gegründetes »Elsassisches Sprochamt« wirkt für die Förderung der Mundart; Eltern- und Lehrerorganisationen, unterstützt von der René Schickele-Gesellschaft (Culture & Bilinguisme), setzen sich aktiv für den Ausbau des paritären zweisprachigen Unterrichts ein.

Glossar

Peexere, Peexen: Spottname für Lothringer, die in ihrer Sprache *p* für *pf* sagen

Glichschwäre: Kuchen mit vier gleich schweren Zutaten bereitet: Mehl, Butter Eier, Zucker, frz: *Quatre-quarts* – vier Viertel

Trumpierte: irrte sich, frz. *tromper*

Messtiumzug: Kilbe, Kirmes, Dorffest

Gücksel (S.7): Teufel, verdreht aus *Kuckuck*

Bajassel (S.7): Diminutiv von Bajass, frz. *Paillasse*, Possenreißer, Hanswurst

Krütarjersche: Krautergersheim, das *Sauerkrautdorf*

Überzwerch: überquer, über Kreuz, fig.: unangenehm

Verstewwert: erschrocken, wie aufgescheucht

Bändelskapp, Kassaweck und Taffetfürtuch: sonntägliche Frauentracht aus dem Anfang des 20. Jahrhunderts, Haube mit Kopfschleifen, leichter Überjacke und Taftschürze

Anglees: Männerrock aus schwarzem Tuch mit langen Schößen, Festtagstracht, frz. *anglaise*

Lostage: die zwölf Nächte zwischen Weihnachten und Heilige Drei Könige, die für das Wetter bedeutungsvoll sind

La Tène-Erdwälle: Keltische Befestigungswälle aus der La Tène-Zeit, 5. Jhdt. vor bis 1. Jhdt. nach. Chr.

Schleabe em Harz: Risswunde im Herzen

Greffier: Gemeindesekretär

Krautschen: Fische mit den Händen fangen

Bibäbelen: verzärteln

Gadcho: Nicht-Zigeuner

Manusch: elsässischer Zigeuner, mundartlich *Manischer*, frz. *Manouche,* von *Manesch* = Mensch. Die Manusch gehören zum Stamm der Sinti.

Großel: Großmutter

Wildenzen: stark nach Wild riechen

jäschten: sich übereilen

Tärtele: Kartenspiel

Zälledürs: damals

Scheidzeichen: dreimaliges Glockenläuten zum Zeichen,
dass jemand gestorben ist

Köjlopf: Gugelhupf

Servilasalat: Zervelatwurstschnitten in Essig und Öl

OGM: GVO, Genetisch veränderte Organismen

Carol: engl. Weihnachtslied

Griot: afrikanisch, umherziehender Sänger und Magier

Besuchen Sie uns im Internet:
www.conte-verlag.de